i《アイ》

西 加奈子

ポプラ社

i

1

「この世界にアイは存在しません。」

え、と声を出した。

咄嗟《とっさ》に口を覆ったが、とても小さな声だったから、隣の席で肩を回している濱崎成男《はまざきしげお》も、前の席で髪を弄《もてあそ》んでいる矢吹沙羅《やぶきさら》も、反応しなかった。ホッとして周囲を見回すと、こちらを見ている人間はいなかった。誰も。かすかに動悸がした。

中庭に面した二階の窓からは四角く切り取られた光が入りこみ、ほぼ半数の生徒の横顔を照らしている。廊下側の生徒たちの姿は少しだけ暗く沈んでいたが、蛍光灯の白い光は必要ではなかった。彼らの姿はひとりひとり、正確に見ることが出来た。黒い髪、かつて「肌色」と呼ばれた中でわずかにバリエーションのある皮膚、新しく、清潔な制服。

「二乗してマイナス1になる、そのような数はこの世界に存在しないんです。」

話しているのは数学教師だ。目が奥まり、くるくるとした巻き毛の痩せた男で、珍妙な動きをする。名前は風間《かざま》と言ったが、今後絶対に見くびられ、おかしなあだ名をつけられるタイプだ（実際彼は、上級生たちに「アテネ」と呼ばれていた）。

今日は授業の初日だった。昨日入学式を終えた生徒たちが受ける最初の授業、火曜日の一限目が数学Ⅰだったのだ。

「だから君たちは今後、この世界に存在しない数の勉強をすることになるわけなんです。」

初めての数Ⅰの授業で、風間は今後3年間の授業計画について話をしていた。ボソボソと通らない声で、でも時々大きく抑揚がつくときは風間が興奮しているときだったし、何より生徒に興奮してほしいときなのだった。そのひとつがｉの話だった。虚数だ。実数ではない複素数、ｉはその代表的な虚数単位であるらしい。

高校生がｉを習うのは2年生からだった。風間はおそらく、生徒たちの気を引きたかったのだろう。ｉ×ｉ＝-1だなんて、つい最近まで中学生だった彼らにはまったく理解出来ないはず、「存在しない数」の授業をすることになるのだ。それはきっと彼らを驚愕させ、少しだけ不安にさせるに違いない（実際その効果が発揮されたのは、ほとんどひとりにだけだったが）。風間は満足げに生徒を見回した。そしてもう一度こう言った。

「この世界にアイは存在しません。」

ワイルド曽田《そだ》アイ。

それがアイの名前だ。アメリカ人の父と、日本人の母を持っている。

アイは窓際、一番後ろの席に座っていた。誰もがうらやむ席のはずだったが、4月、高校生になってまだ2日目では皆がお互いを知ることもなく、「替わって」などと軽口を叩けるような状況ではなかった。席は男女入り交じった出席番号順、アイはつまり、クラスで最後の生徒だった。

ワイルドではなく曽田が先だったら、自分はあのあたりに座っていたのだな、始業式の日、そう思いながらアイは佐々木譲《ささきゆずる》と高梨沙耶香《たかなしさやか》が座っているあたりを見た。生徒の名前は配られた席順表にフルネームで書かれていた。「おかしな名前」の生徒がいないか探すのはいつもの癖だったが、このクラスに自分以上に「おかしな名前」はいそうになかった。

アイという名前は、両親がつけた。

父ダニエルは、アイという言葉が日本語の「愛」に相当することを気に入ったし、母綾子《あやこ》は、アイが英語で「I」、自身のことを指すということが気に入った。つまり自分をしっかり持った愛のある子に育ってほしい、というようなことだ。意味を限定しないために「アイ」というカタカナ表記にしたのも、両親がふたりで考えたことだった。

両親には子育てに関して、共通した想いがあった。子どもを子ども扱いしないこと。ひとりの人間として接すること。アイは4歳で世界の不均衡について教えられ、5歳でセロニアス・モンクの素晴らしさについて教えられ、6歳でセックスの不思議について教えられた。そして自身が両親と血の繋がった子どもではないということ、つまり「養子」であるということは、何歳で教えられたのか覚えてもいなかった。

アイは1988年、シリアで生まれたらしかった。ハイハイを始める前に両親のもとにやって来た(実際には気の遠くなるような煩雑な手続きをいくつも踏んで)。両親はそういったこともアイに隠さなかった)のだったが、自分は父にも母にも似ていない、そう気づいたときには、すでに自分は「ヨウシ」「adopted child」なのだと知っていた。

小学校卒業まで住んでいたのは、ニューヨークだ。ブルックリンハイツという高級住宅街だった。対岸にマンハッタンを臨み、家の前には気持ちのいい遊歩道があり、そこではコーヒーを飲む恋人たちが愛を語り、たくさんの大型犬を連れたペットシッターが歩いていた。

通っていた学校には、あらゆる人種の子どもたちがいた。白人、黒人、ヒスパニック、アジア系、そしてアラブ系。何人かは自分のような養子だったし、年齢が違う子どももいた。昼食時にカフェテリアに行くと、様々な国の料理が並び、イスラム教徒の子は持参したハラルフードを食べ、ユダヤ教徒の子はコーシャフードを食べていた。校内はとてもカラフルだった。

アイは小さな頃から「子ども」が怖かった。自身も子どもであるというのにだ（ワイルドという姓は、だからアイにはちっとも似合わなかった）。子どもたちの粗雑さ、残酷さ、予測不能さ、みっともなさ、不潔さ、とにかく子どもにまつわるすべてのことが怖かった。泣き叫び、だだをこねている子どもを見るとぞっとしたし、興奮してはしゃいでいる子どもを見ると目を背けた。

「あなたは本当にグッドガールだったのよ！」

母はいつもそう回想した。アイはだだをこねて両親を困らせるようなことはしなかったし、嫌なこと（歯医者に行くこと、予防接種の注射をすることなど）をじっと我慢した後も、チョコレートドーナツやブライス人形などの見返りを求めなかったそうだ。

だが、アイには分からないことがあった。グッドガールだった自分は、ナチュラルにグッドガールだったのか、それとも「そうでなければいけない」と思っていたのか。

覚えている限り、自分が「養子」であるという意識は、いつもどこかにあった。それを忘れたことなどなかった。両親とまったく違う自分の容姿にいつも対峙しなければいけなかったからだったし、アイが特に心を尖らせて、自身の環境を見つめていたからだ。

ある日、アイは両親に連れられてコニーアイランドにいた。

春なのに日差しの強い日だった。すれ違う大人は皆サングラスをし、立っているだけで汗が滲んだ。

4歳だったアイは両親に手を引かれ、「何をしたいのか」と聞かれていた。正直、なんでもしたかった。ジェットコースターにも乗りたかったし、観覧車にも乗りたかった。着ぐるみの虎が売っているコットンキャンディも食べたかったし、ピエロとハイタッチをして、風船ももらいたかった。でも、なんだか気おくれして、結局何も伝えることが出来なかった。

両親は根気強くアイの返事を待っていた。立ち止まり、しゃがんで、アイの顔をじっと覗きこんでくれた。アイはそれが申し訳なかった。両親を困らせていると思うと、わけもなく泣きそうになった。だから「あれ」と指を指した。自分たちの一番近くにあったものが射的場だったのだ。

両親、特にダニエルは嬉しそうだった。

「よし、じゃあ僕と一緒にやろう!」

射的場は比較的空いていた。それも、アイがそこを選んだ理由のひとつだった。ダニエルがインド系かパキスタン系の恰幅《かっぷく》のよい男に金を支払うと、男は、

「お嬢ちゃん、がんばってね。」

そう声をかけてくれた。男の隣には、男にそっくりな男の子がいて、慣れた手つきでおもちゃのピストルにゴムの弾を詰めた。男の子が黙ったままそれをアイに渡すと、男が、

「どうぞと言え、アマー。」

と叱った。アマーは仏頂面をしたまま「どうぞ」と言った。渡されたピストルは重く、おもちゃとは思えなかった。ダニエルに右手を支えてもらいながらピストルを構えたとき、体に衝撃を感じてよろけた。

「危ない！」

振り返ると、白人の男の子がふざけてぶつかったようだった。男の子は綾子の声に驚き、からだをすくめた。彼の瞳は青く透き通っていて、太陽に射貫かれたら溶けてしまうガラスのようだった。

「ぼく、危ないわよ。」

綾子が怒っていないと知って安心したのか、男の子はおどけて舌を出した。

「セス、セス！」

ひとりの女が、人混みをかきわけて走って来た。うんと太って、頭にスカーフを巻いている。セスと呼ばれた男の子の母親でないことは、すぐに分かった。

「走るのだめ、走るのだめ。」

まだ片言の英語を使うこの女は、セスのシッターなのだろう。セスの手を取り、

「申し訳ありません。」

と言った。両親は笑って許したが、アイは女が、「お嬢ちゃん、ごめんなさい」と言うとき、少し、本当に少しだけためらったのを見逃さなかった。

アイは女を見て一瞬で、自分が遺伝的に両親よりもこの女に似ていることを察した。女のスカーフが信仰している宗教を表すことも知っていた。女はアイからすぐに目を逸らし、セスの手を引いて行ってしまったが、アイは女の目をずっと覚えていた。非難、怒り、諦め、羞恥、卑屈さ、いたたまれなさ、のちに覚えたどんな言葉も当てはまらないその視線を。

「アマー、お客さんだ。」

アイの隣には、新しい客が来ていた。でもアマーは、アイを見ていた。静かに。アマーの視線も、あの女の、恐らく中東からやって来たムスリムの女とよく似ていた。

アイはその頃から、自分が「不当な幸せ」を手にしていると、はっきり思うようになった（もちろんそんな言葉をまだ知らなかったが）。

両親は優しかった。アイが構ってほしいときは必ずその想いを満たしてくれたし、何かをほしいと願う前に、それは必ず手に入った。ただ、その何かをアイに手渡すとき、両親

は必ずこうつけ加えるのだった。

「ほしいものを手にすることが出来ない子どもたちのことを、考えないといけないよ。」

それは同じ時期に教えられた「世界の不均衡」の犠牲者でもある、様々な子どもたちのことだった。骸骨のように痩せ細り、でもお腹だけ大きく突き出た子どもたち。煙が立ち上るゴミ山をあさる裸足の子どもたち。路上で固まって眠り、大人たちから金品を盗むことで生きている子どもたち。

両親に見せられた様々な写真や映像は、アイの脳裏から消えることはなかった。決して。そしてそのことをはっきりと理解してから、アイはほとんど自ら何かを望むことがなくなった。自分の部屋が自分の好きなもので溢れていることを恥ずかしく思うようになったし、そして恥ずかしく思うことがいけないことなのだと、どこかで分かってもいた。恵まれたことを素直に感謝出来ないなんて、絶対に許されないことだと。でもその気持ちを言葉にする術《すべ》はまだ持たず、だからアイは自然、黙りがちになった。

アイのそのもやもやした気持ちを後押ししたのは、アニータの存在だった。アイの家で働いているシッターだ。

アイの両親が「ふたりの時間を楽しみたい」ときや、「慈善活動のための集会に出かける」ときなど、アニータはアイの面倒を見てくれた。ニューヨークではそのような「　」

にくくられる機会が多かった（特にブルックリンハイツやアップタウンに住むことの出来るような恵まれた人たちには）。だからアイはアニータと共に多くの時間を過ごすことになった。

アニータはハイチからの移民だった。背が低く痩せっぽち、遠くから見たら10歳の子どものように見えたが、実際は3人の子の母だった。カタリナ、レジーナ、フローレンスだ。カタリナはアイのひとつ上、レジーナはアイと同じ年で、フローレンスはアイのひとつ下だった。つまり全員年子で（カタリナとレジーナにいたっては、13ヶ月しか差がなかった）、皆女の子だった。

綾子はアイの古くなった服をよくアニータに譲っていた（「あげる」ではなく、「もらってもらう」という言い方を、綾子はよくした）。カタリナは、アイよりも小さく、アイのお古を着ても体にあまるほどだった。

アイは、アニータが母に丁寧な礼を言うのを見るのが嫌だった。母も「そんな必要はない」と何度も言ったが、礼を言わないという選択肢はアニータにはないように思えた。アニータはいつも、知っている単語を駆使してアイのお古の服を褒め、母に大げさな礼を言うのだった。

アニータの礼は恵まれた環境にあるアイを苦しめた。自分のお古の服を誰かにあげる

（もらってもらう、のではないのだ。確実にあげる行為からは出られないのだ）立場にあることが苦しかった。

ハイチの窮状についても、アイはすでに両親から教えられていた。ハイチという国がどのような残酷な歴史を持ち、欧米から俗悪な介入をされ、そして世界から見捨てられ、独裁の下でおぞましい暴虐が繰り広げられてきたのかを。アイは話を聞いてから、ふたりに隠れて吐いた（特にあまた行われてきた拷問の描写は、アイを苦しめた）。

時々アニータが子どもたちを家に連れてくることがあった。三姉妹は一様にアニータのように痩せっぽちで小さかったが、生命力に溢れ、獰猛《どうもう》で、まるで野生の黒ヒョウのようだった（実際彼女たちの肌はビロードのようになめらかで、そして驚くほど黒かった）。

「アイもみんなと遊んだら？」

ダニエルや綾子はよくそう言った。アイが三姉妹と遊んでいると、ふたりはとても嬉しそうな顔をした。ほとんどふたりのためだけにアイは３人と遊んだ。本当は自分の部屋にこもって、静かに絵本や漫画を読んでいたかったが、「そんなことは許されない」と思っていた。恵まれた自分には、３人と遊ぶことを拒否する権利などないと。

たちが悪いのは長女のカタリナだった。彼女は何かと仕切りたがり、最悪なことに「お医者さんごっこ」を愛した。その場合カタリナは絶対に「おいしゃさん」役で、アイは絶対に「ビョーキのひと」役なのだった（レジーナとフローレンスはその時々によって看護師の役だったり、死体の役だったり、何故か犬の役だったりした）。カタリナはアイの性器を子細に観察した。そして時々、冷たいスプーンを押しあてた。それがどのような治療を意味するのかは分からなかったが、診察が終わると必ず、

「これで子どもが産めます。」

そう言うのだった。

一体カタリナは性の目覚めが早かった。セックスの仕組みは両親から教えられていたが、そのときにどんな声を出すのか、どのような動きをするのか、具体的なことをアイはカタリナにすべて聞かされた。

「父ちゃんと母ちゃんが毎日ヤッてるもんね！」

そのときアイが想像したのは、アニータと夫のセックスではなく、アニータと夫のセックスを毎日目撃するという三姉妹の環境だった。カタリナが住む家は、アイの家のようにマスターベッドルームと子ども部屋と客室が分かれているような家ではないのだ。

「あんたんとこの父ちゃんと母ちゃんもヤッてるよ、絶対！」

カタリナのこの言葉は、アイを傷つけた。

両親のセクシュアルな部分を突きつけられるショックではなかった。何故なら両親は

「そういうこと」をアイには隠さなかったし、セックスは素敵なものだと宣言していたからだ。問題は、「セックスをすれば子どもが出来る」（可能性に過ぎないことも、避妊の類も、当時のアイにはまだ分からなかった）ということだった。

「あたし知ってるよ、あんたってヨウシなんでしょ？」

そう、間違いなく自分は「ヨウシ」だ。両親の本当の子どもではない。でも、両親がセックスして出来た子、それは両親の「本当の子ども」だ。血の繋がった、本当の家族だ。そうなったとき、自分はどうなるのだろう？

アイはもどかしいほどに繊細だった。そして繊細な子どもがおおむねそうであるように、非常に疑り深かった。どれほど両親に愛されても、その愛がどこで誕生するのか、どのような手続きを経てここにやってくるのかを、真実信じることが出来なかった。パパとママは「本当の子ども」ではない私に、どうしてこんなに優しくしてくれるのだろう。それを思うとアイは自分の足下が揺らぐような気持ちになるのだった。

テレビでは俳優やミュージシャンが、養子をもらった、という話をしていた。とても軽やかで、健やかで、まるっきり普通のことを話している感じがした。でも、彼らがそれを強調すればするほど、かえって普通のことではないのだと思わされた。彼らの養子たちは、この「普通」をナチュラルに受け入れられているのだろうか。アイは養子たちに聞きたかった。

あなたはどう思う？

自分が本当の子どもではないこと、そして恐らく過酷な状況から、天国のように恵まれた場所に連れて来てもらったことを、あなたはどう思ってる？

アイは心の中で何度も何度も話しかけた。マラウィからやってきた子に、コロンビアからやってきた子に、アルジェリアからやってきた子に。

いつまでも愛されていると思う？

両親に本当の子どもが出来たらどうする？

アイは、夜眠るとき、耳をふさぐようになった。広い家、両親の性交の声が聞こえることはないはずだったが、その気配を感じることが怖かった。子どもが出来たらどうしよう、そしてその子どもと私に接するとき、両親が少しでも違いを見せたら？

アイはもちろんそれに耐えられる自信がなかった。頭の中には、いつもカタリナの声が響いていた。

「あんたってヨウシなんでしょ？」

時々、両親に子どもが出来る夢を見た。

赤ん坊の輪郭はぼんやりとしていたが、夢の中でアイは間違いなく赤ん坊を殺してしまうのだった。あるときは床に落として、あるときはバスタブに沈めて。最悪なことに、夢の中でアイは「わざとやったのではない」というふりをしていた。故意に殺したのではない、これは事故だと。両親は悲しんだが、アイを責めることはしなかった。その夢は、アイを苦しめた。実際にやったことではないのに、自分のことを世界一卑劣な人間だと思った。

カタリナが落ちたお菓子を食べたり、レジーナとフローレンスが取っ組み合いのけんかをするとき、アニータは三姉妹を叱った。アニータの話すクレオール語はアイには分からなかったが、呪文のようなその言葉はアイの耳から離れなかった。そこには真実の感情があった。「本当の子ども」相手だから出来る、他意のない、まっすぐな怒りがそこにはあった。

アイは両親にそんな風に叱られたことがなかった。叱られないようにしているのは自分だったが、それでも真実の怒りを自分が受けていないことは、アイを苦しめた。夢の中でもだ。

アニータがカタリナを殴ったりすることでさえ、アイはどこかでうらやんでいた。両親は自分を殴ることは絶対にないだろう。そしてそれをうらやむことがいけないことなのだと、分かってもいた。アイは苦しかった。ずっと苦しかった。

一方カタリナは、そうやって怒られた後、アイへの接し方に凶暴性を増した。アイはあるときは性器に唾をかけてこすられ、あるときはもうこれ以上出来ないというほど足を広げさせられた。

もちろんアイは、カタリナのことを両親にも、ましてやアニータにも告げ口することはなかった。いつもただ、静かにときが過ぎるのを待った。視界の端では、いつもカタリナの服をとらえていた。自分より体の小さいカタリナが着ている、自分のお古を。

いつしかアニータがアイの家に来なくなった。理由は聞かなかったが、両親が、特に綾子が悲しそうなのは分かった。アニータの腹はいつの間にか膨れていた。新しい子どもが出来るのだ。アイは正直ほっとしていた。もうカタリナと会わなくて済む、そう思った。今後は4人姉妹(アイの中でアニータは女児しか産まない人だった)で両親の性交を目撃するのだろう。そしてアニータはこれからも子どもを産み続けるだろう。自分の血を分けた、本当の子どもを。

新しく来たシッターはパウウソティアといった。両親はもちろん、パウウソティアの母国であるカンボジアについても、アイにこんこんと教え諭した。ポル・ポトの虐殺、教育と知性を奪われた人々、両親を目の前で殺された子どもたち。

パウウソティアは独身で、ニューヨーク在住の伯母の家で暮らしていた。子どももいなかったので、アイはカタリナたちに抱いたような感情を持たずに済んだ。彼女は、アイたちがニューヨークを離れるまで、つつがなく仕事を続けた。

アイが6年生になったとき、両親に日本行きを告げられた。ダニエルは航空部品メーカーに勤務していた。日本への転勤があることはあらかじめ知らされていたし、それはダニエルも綾子も望んでいたことだった。綾子の実家がある葉山に住むことを考えていたが通勤時間の問題でかなわず、ワイルド家は東京に引っ越すことになった。父だけが先に日本に渡り、綾子とアイは、アイの中学入学を待って移動した。

元々アイには幼い頃からずっと日本語の家庭教師がついていたが、日本行きが決まってから、綾子はアイの日本語教育にさらに熱を入れるようになった。

家庭教師はキョウコという若い女性で、オフブロードウェイで女優をするかたわら、アイのような日本人とのミックス(と言っていいのであれば)や、ニューヨーク在住の日本人家庭の子どもに日本語を教えていた。普段演じているだけあって、感情表現が豊かで、声が朗々と通り、何より聡明だった。つまり、とても優秀な先生だった。

キョウコは神戸の出身だった。ニューヨーク在住中に阪神淡路大震災が起こり、祖母と兄を亡くしていた。そのことをキョウコから教わったとき、アイは5年生になっていた(アイの両親と違って、キョウコは子どもに伝えるトピックを、年齢に応じて使い分けるタイプの人間だった)。

アイもその地震のことは覚えていた。アイが7歳のとき、両親に追悼集会に連れてゆかれたのだ。キャンドルを持って彼らのために祈り、生き残った神戸の小学生に手紙を書いた（そしてその2ヶ月後、日本の宗教団体が地下鉄に「毒」をまいたと教えられたのだった）。

アイのような子どもにとっても、4年前に起こった地震はすでに過去の、そして遠い国の出来事だった。でもキョウコはまるでそれが昨日のことだったように泣いた。こぼれ落ちるキョウコの涙は、顎のところで消え、床には落ちなかった。アイは思った。

私の周りには、こんな人ばかりだ。

ハイチやカンボジアのように、国自体に地獄があったところはもちろん、そうではないはずの日本でも、こんなヴィヴィッドな不幸がある。拷問されたわけでも虐殺されたわけでもないのに、キョウコは家族を亡くした。何がキョウコと、キョウコの家族に起こったのだろう。それは何故なのだろう？　どうして自分の周りには、何かの悲劇をからだにまとった人ばかり集まるのだろう。そして自分には、どうしてそれが起こらないのだろう。

どうして。

アイはもちろん、シリアのことも両親から聞かされていた。四度に及ぶ中東戦争、バアス党の独裁、ダマスカスの春、複雑に入り交じった宗教、宗派、人種、利害が絡んだ大国の介入。様々な困難はあるが美しい国なのだと、両親は言っていた。だが実際、両親がシリアに足を運んだことはなかった。アイはJFK空港で両親と「対面」したのだ。養子縁組の場合、養子の出生国まで養親が迎えに行くのが通例だったので、両親と自分は珍しいケースだった。

行ったことのないシリアについて何度も語って聞かす両親を、幼かったアイは度々怖れた。いつか私をシリアに帰すつもりなのだろうか？　もう私のことが嫌いになったの？　成長し、もう帰されることはないと確信出来た後も、シリアに行きたいという気持ちは起こらなかった。シリアという国は自分の祖国、のはずだ。でもそこに行ってしまったら、こうやって聞き知ったものではない何かを知ることになるだろう。自分はシリアを出たのだ。それも選ばれて。

両親に聞いた養子のシステムでは、子どもを選ぶことは、両親に課せられてはいなかった。両親は養子縁組をあっせんする団体に登録し、縁があるのを待ったのだと言った（5年だ！）。送られてきたアイの写真を見て、すぐに「この子は私たちの子だ」と、そう思ったのだそうだ。

でも、なんらかの段階で私は選ばれたのだ、アイはそう思っていた。両親が選んだのではなくても、養子縁組団体が私を選び、恐らく過酷な状況から両親の元へ送り出したのだ。選ばれた自分がいるということは、選ばれなかった誰かがいるということだ。

どうして自分だったのだろう。

どうして。

恵まれた部屋、恵まれた環境、恵まれた自分の命のことを思うと、アイは感謝するより先に苦しんだ。聡明なアイはその聡明さゆえに傷ついたのだし、その聡明さゆえ、自分の「本当の両親」について決して知ろうとはしなかった。

両親はアイにアラビア語も教えていた。自分の祖国の言葉を知ることは必要だと考えたからだ。だがアイはアラビア語に関しては、まったく不出来な生徒だった。アイの中の何かがそれを学ぶことを激しく阻んだ。アイは英語に熱中し、日本語に熱中した。その言語を誰より美しく操れる人間になろうと、ほとんど命がけで勉強していた。

キョウコに教わった日本語を話し、紙に書き、アイは日本語に馴染んだ。英語と日本語はまるで文法が違った。結論を先に言う英語と違って、日本語は最後まで聞かないとそれがどういう意見なのか分からなかった。つまりまどろっこしかったが、それはアイの性格にぴたりと寄り添った。

常々アイは、自分の意見を簡潔に伝えることが苦手だった。自分の意見を持つことが良しとされた小学校でも、アイはどうしても議論に参加することが出来なかった。両親や教師はアイの意見をいつまでも待ってくれたが（両親が選んだ学校はとにかく個性を重んじるのだった)、アイはいつまでも深刻に考え、悩み、最後には泣き出してしまうというありさまだった。

　みんなどうしてあんなに大声で「NO!」と、そして「YES!」と言えるのだろう?どうして自分の意見をあんなにきちんと持っていられるのだろう?

　アイにとってカラフルな学校は、カラフルな分だけ生きがたかった。アイは勉強そのものにのめりこんだ。早急に答えを求められるものではなく、いつまでも考えていられるものに頼った。特に語学はその最たる存在だったし、日本語のような難解な語学はうってつけだった(難解さにおいてはアラビア語も条件に適っているはずだったが)。

　日本語は本当に不思議だった。ものによって数え方が違うこと(ウサギのことを一羽、二羽、というのはかろうじて耐えられるが、タンスのことを一棹、二棹と呼ぶことにだけは最後まで馴染めなかった)、謙譲語に尊敬語、同音異義語、擬態語、勉強しても、完璧にマスターするまでには程遠かった。だからこそやりがいがあった。

　特に漢字は興味深かった。たとえば自分の名前の元でもある「愛」は「アイ」、「いと(しい)」、「まな」「め(でる)」などの読み方があったが、「生」などは素晴らしかった。ショウ、セイ、という音読み(そもそもこの音読みと訓読みというやつも!)があり、訓読みに至ってはうむ、うまれる、いく、いきる、はえる、おう、なす、ある、などあって、その上「生」が違う漢字につくと生憎《あいにく》、生粋《きっすい》、平生《へいぜい》、早生《わせ》、晩生《おくて》、生業《なりわい》、大往生《だいおうじょう》と、いかようにも変化するのだ。

たくさんの「読み」に属することが出来る「生」が、アイは羨ましかった。アイは何かに属したかった。


日本の学校は属すということにかけては、これ以上なく適した場所だった。

アイの入学した私立の中学は同じ制服があり、同じ体操着があり、同じ給食があった。「みんな同じ」という「　」の中にみんなで入れられているようなものだった。そしてそれは、アイに安心を与えた。

あらゆる人種のあらゆる個性が集まる場所で、アイはいつも怖かった。自分が何者でもないことを突きつけられ、それは孤独になった。両親はもちろん、アイのそんな想いを知らなかった。両親も学校もアイをとにかくアイらしく育てようとしていた。だが「アイらしさ」を拒否するアイはどんどん内向し、いつしかそれはやはり孤独になるのだった。

日本では「みんな同じ」だった。

肩につく髪は結ぶこと、髪は染めないこと、スカートの長さはひざ下3センチであること、靴下は学校のエンブレムがついた白であること、靴は黒のローファーであること、バッグは学校指定の黒い革のものであること。

すべてを一様に決められると、おのずから考えることがなくなった。それがアイにはありがたかった。没個性こそ肯定される世界では、自分のことなど何も考えずに過ごしてゆくことが出来た。

だがその安堵も、長くは続かなかった。

孤独の代わりに訪れたのは、疎外感だった（限りなく孤独と近いが、違うものだ）。あらゆる個性の中でひとりであることと、限りなく「同じ」人間たちの中で、自分が圧倒的に異質であることは違った。

アイの皮膚は皆より白かった（つまりかつての「肌色」のバリエーションの中には入っていなかった）。アイの睫毛《まつげ》は皆より長すぎたし、皆よりカールしすぎていた。アイの髪は皆より黒く、そして豊かすぎた。

アイは皆と違った。そしてその違いは、皆が他の皆と違うそれより大きかった。アイはいるだけで目立った。アイが養子であるということはいつの間にか皆に知れ渡ったし、シリアという馴染みのない国も、皆の興味を引いた（アイの容姿を見て、ヨーロッパ系だと思った生徒も多かったようだった）。アイが日本語を綺麗に話すと、初対面の人間は必ず驚いたし、中には「日本語が上手ね」と褒める人もいた。

日本では養子はこんなにも珍しいことなのだ。

ニューヨークでは肌の色の違う家族を、いたるところで見かけた。白人の父とアジア人の母にアフリカ系の子ども、白人の両親に様々な肌の色をした子ども。そこに、また違う国のナニーがつき添っているのも普通だったし、映画スターが養子を連れて歩くのはすっかり日常の風景になっていた。でも日本では違うのだ。

皆アイに優しかった。だが、同級生を慮《おもんぱか》る優しさと、自分へのそれは違うような気がした。体育でペアを作るのにも、生物の実験でグループを作るのにも困らなかったが、「一緒にやろうよ！」ではなく、どこかに「どうぞこちらにお入りください」というような気配を感じた。アイはいつまでもゲスト待遇を受けているようなものだった（元々社交的でないアイの性格もそれを後押ししたのだったが）。

アイは校内で静かに、その居場所を守られている客人だった。


2001年9月、ワールドトレードセンターに二機の航空機が激突した。

アイの通う学校には、帰国子女も多く通っていた。アメリカからの帰国者も多くいたのにもかかわらず、皆が慮るのはアイだった。

ビン・ラディンという男がアフガニスタンに潜伏していること、そしてそれはアイの生まれたシリアとは違う国なのだということ、そこまでは理解していても、「中東」という馴染みのない世界を、「イスラム圏」というくくりで一緒くたにしてしまう生徒たちがたくさんいた（つまりアイは、自分の住んでいた国を攻撃されながら、同時に加害者側にも立っている人間だと思われてしまった）。

廊下を歩いていると、他のクラスの女子生徒に「大変だったね」「気を落とさないでね」と、声をかけられた（皆、本当に優しいのだ！）。アイは微笑んで感謝を伝えたが、感謝を伝えねばならない状況に胸がつかえた。

アイはそれより、謝りたかった。ニュースを聞いたとき、アイはこう思ったのだ。

「生き残ってしまった。」

アイはワールドトレードセンターに行ったことはなかった。

ロウアーマンハッタン自体、学校の課外授業で自由の女神像を見に行ったとき、そしてブルックリンブリッジを渡ったとき以外は行ったことがなかった。それでも自分が「そこ」にいなかったこと、あまつさえニューヨークを離れていたことに、どうしようもなく罪悪感を覚えた。

同じ学校に通っていた同級生たちは、ほとんど皆ブルックリン在住だった。マンハッタンから通う生徒がいても、ダウンタウンではなかった（はずだ）。でも、彼らの友人や親戚、遠く知人と呼べるような誰かが崩壊したタワーにいたかもしれない。

アイは数少ない友人に連絡を取ろうか考えた。でも怖かった。同級生が皆無事だったことは、両親から聞かされていたが（彼らはアイと違って、あらゆる方法ですべての知人に連絡を取っていた。幸い知人の中に被害者はいなかった。アニータとパウウソティアもだ）、そこにいた人間に、そこにいなかった人間がどのような言葉をかければいいのか、考えても考えても分からなかった。アイは混乱していた。「生き残ってしまった」と、毎日思った。そしてそれを避けられたことに感謝する前に、「どうして？」と思うのだった。

どうして、私ではないのだろう。

どうして。

家の中はしばらく暗く、帰るのが辛かった。テレビをつけると何度もあの映像が流れるから、アイは自室にこもるようになった。

10月に入ると、米英軍によるアフガニスタンへの空爆が始まった。タリバン政権がビン・ラディンの引き渡しを拒否したから、というのがその理由だった。それは「不朽の自由作戦」と呼ばれた。何万という爆弾が落とされ、首都カーブルは戦地になり、もちろん民間人も犠牲になった。

当初、アフガニスタンが爆撃されるたび、それはニュースになっていた。だがそれが続くと、段々ニュースになる回数は減っていった。人々は徐々に、おのおの自らの生活に戻っていった。

アイは自分ひとりがいつまでも胸を痛めていることを、恥じるようになった。自分は被害者でも加害者でもない、まったくの部外者であるというのに、こうやって苦しんでいるのはきっとおかしいのだと。

アイは意識して笑った。口角を上げ、皆の日常に馴染むように努力した。ワールドトレードセンターのことは、そしてアフガニスタンのことは忘れようと努めた。夜、ベッドに入って目をつむるときは一緒に耳をふさぎ、脳内の映像を消し去ることに全力を注いだ。両親の性交を恐れることはなくなったが、夜はやはりアイに優しくなかった。

何人か、友人は出来た。彼女らは一様に活発で（帰国子女が多かった、きっと偶然ではなく）、アイを相変わらず慮ってくれた。アイが日本食を好んで食べることに驚いたりしなかったし、アイのなんてことのない筆記具を褒めてくれた。

アイは彼女らになりたかった。彼女らと同じようにふるまい、彼女らと同化したかった。時々自分の肌や、自分の睫毛や、自分の髪の毛を邪魔だと思った。友人たちはアイのそれを羨ましがってくれたが、アイは、例えば田丸陽子《たまるようこ》のような涼しげな一重になりたかったし、平子沙希《ひらこさき》のような華奢な体になりたかった。もっともっと「自分」を滅して、皆の中に完璧に混ざりたかった。時々彼女らが自分に英語で話しかけてくると、アイはひるんだ。どうして目立つことをするのだろう。彼女たちが英語を話すとき、優しいクラスメイトたちがひんやりした視線を投げかけてくることにアイは気づいていた。

勉強は相変わらずよく出来た。驚くべきものだったと言ってもよかった。

「アメリカだったら飛び級してたね。」

担任の教師はそう言った。飛び級などとんでもなかった。そんな特別の中に飛び込まなくてもよい日本の教育システムが、アイにはありがたかった。

そのまま中学と同じ大学の付属高校に進んでもよかったが、アイは受験勉強をすることにした。何かに没頭出来る時間が、アイは好きだった。そこには「自分」などなく、ただ何かを学ぶという大いなる波があるだけだった。そしてその波に、身をゆだねればよかった。

都内の進学校に合格し、アイは中学の友人たちと別れた。しばらく連絡を取り合っていたが、それもやがて途絶えた。

「この世界にアイは存在しません。」

高校に入って最初に覚えたこの言葉は、アイの胸に居座り続けた。

その言葉を思い出すときは、同時にクラスメイトたちの姿が浮かんだ。まだ知らなかった彼らの顔ではない。彼らがこちらを見ていない、その姿だ。

その言葉に自分が傷ついたのかどうなのか、アイには分からなかった。でも、あまりに強く胸にとどめていたので、いつしかそれはアイにとって歪んだおまじないのようになった。

「この世界にアイは存在しません。」

あらゆる場所でそれを思うと寂しかったが、何故かほっとするのだった。アイはその言葉をポケットに入れ、手で弄《もてあそ》び、あたためた。

学校が始まって数日経つと、クラスでは徐々にグループらしきものが出来上がってきた。おそるおそる会話が始まり、控えめな笑い声があがり、みな手探りでお互いのことを知ろうとしていた。

アイにも、何人かの生徒が話しかけてきた。

「曽田さん？　でいいのかな？」

状況は大体中学のときと似たようなものだった。初対面であることに関しては同じ地平にいるのに、アイにだけはやはり特別な礼節をもって接してくれる、皆そうだった。

「曽田アイっていうの。アイって呼んでくれたら嬉しい。」

こう言うと親しみを表すことが出来ると学んだのは中学2年生のときだ。相手が嬉しそうな顔をしてくれることにも慣れた。まるで初めての海外で言葉が通じた旅行者のような顔だと、アイは思った。

「アイ、可愛い名前だね。素敵。じゃあ、アイちゃんで。」

「ありがとう。」

「アイちゃんはハーフ？」

「パパはアメリカ人でママは日本人なんだけど、私はシリア人なの。養子なんだ。」

「あ、え、そっか、そうなんだね。」

こういった反応も慣れたものだった。こうやってひとりふたりに言っておけば、それがいつの間にか学校中に広まることも。

「えっとそれって、なんだろう、かっこいいね。」

「ありがとう。」

なんだって礼を言っておくに限った。相手が言うことが間違っていないということを示す必要があった（高校はまだましだった。中学では「大変だね」と言う生徒すらいたのだ)。自分はナーバスな存在ではないし、壊れ物を扱うように接しなければいけない存在でもないと、きちんと分かってもらわなければならなかった。

アイはその日、あと3人に同じように礼を言った。でも、彼女たちと行動を共にすることはなかった。


生物の授業で、初めての教室移動があった。生物室の場所はすでに頭に入っていた。誰かに頼らず自分で出来るように、アイはすべてのことに細心の注意を払った。

アイが準備をして教室を出ようとすると、

「ねえ。」

話しかけてきたのは、権田美菜《ごんだみな》だった。

ここ数日、アイは教室の様子を隅々まで観察していた。誰と誰が仲良くなりそうか、誰が教室のイニシアチブを握りそうなのか。誰の気分も害さず、穏やかに過ごすにはどうすればいいのか。

中で、自分と同じように権田美菜だけ、まだどのグループにも属していないことに気づいていた。彼女はでも、アイと違って「穏やかに過ごそう」とするようなタイプではなさそうだった。もっと堂々とひとりでいた。切れ長の目と真っ白い肌は権田美菜を大人びて見せていたし、どこか近寄りがたい雰囲気があった。彼女はクラスの中でも一目置かれる存在になるだろうと、アイは思っていた。

「生物室って分かる？」

その言い方から、他の皆のように、権田美菜がアイに何かを教えてあげようとしてくれているのではないことが分かった（どれだけ綺麗に日本語を操っても、優しい生徒たちは皆、アイが日本の様々なことに不慣れだろうと、何故か思ってしまうようだった）。

彼女は、

「場所全然分かんなくって。みんななんで分かってるんだろう。」

ただ単に、アイを頼っているのだ。

「うん。」

アイはもちろん緊張していた。自分がまさか教える立場になるとは思わなかったし、皆もどこか避けているようなところがあった権田美菜と、こうやって廊下を歩いている。失礼なことがないように、アイは薄く口角を上げた。

「あれ、なんか、笑ってる？」

「え。」

どきっとした。咎められていると思い、咄嗟に身がまえた。でも、うかがうように権田美菜を見ると、彼女はただ興味深そうな顔でアイを見ているだけだった。

「あの……。」

「なんか、笑ってない？　気のせいかな？」

「あ、うん、あの、笑ってた。」

「やっぱり！　なんで？」

「え、いや、あの、う、嬉しいなって……。」

「嬉しい？　何が？」

「あの、えっと、権田さんとこうやって……。」

「こうやって？」

「こうやって一緒に移動出来ることが……。」

言いすぎたか、そう思った。これではこれからも一緒に移動してくれと言っているようなものだ。

「えー、ありがとう！　嬉しい！」

予想に反して権田美菜は笑った。本当に嬉しそうだった。アイはそれだけで、彼女のことを好きになった。

「あと、権田さんってやめてくれない？　苗字嫌いだから、ミナって呼んで。」

ミナは皆が敬遠するようなタイプの子ではなかった。大人びた容貌とは違って、ミナはとても無邪気で、子どもっぽいといっても良かった。明るく、よく笑い、感情を豊かに表現した。明るさや堂々とした態度などは、中学時代の友人たちと似ていたが、ミナは彼女たちと違って、「アイと友達になる」と決意して話しかけたのではなさそうだった。ただ単に聞きたかったのだ、生物室はどこか、と。その自然な態度はアイの輪郭を柔らかくした。アイとミナは友達になった。

一学期はあっという間に過ぎていった。

授業に慣れ、中間、期末試験をこなし、部活動にいそしむ生徒はジャージをあっという間にくたびれさせた。学年で人気のある生徒がなんとなく決まり始め、二学期から本領を発揮するタイプの生徒はまだなりを潜めていた。

アイはもちろん、クラスメイトの顔をすべて覚えた。話をしていない生徒は数えるほどだったし、名前を言われればたやすく彼らの顔を思い出すことが出来た。でも、あの言葉、アイのポケットでいつもあたためられていたあの言葉が浮かぶとき、彼らはやはりこちらを見ていない、見知らぬ生徒たちのままだった。

「この世界にアイは存在しません。」

アイは部活動には入っていなかった。自分に得意なものが分からなかったし、何かを決めるということがどうしても苦手だったからだ。いっそミナが部活を決めてくれれば、一緒に入ろうと思っていたのだが、ミナは部活動はしないと決めていた。ダルいとか放課後遊びたいからとか、そういう不良な理由ではなかった。ただ部活動をしたいと思わないからだと、そう言った。そんな風に気負いなく今後3年間のことを決定出来るミナが、アイは眩しかった。

「じゃあ、放課後って何してるの？」

アイが聞くと、

「何してるだろ。うーんと、音楽聴いたり、テレビ見たり。はは、何もしてないと言っていいよね。」

ミナはそんな風に言った。

「アイは？」

「え？」

「アイは何してるの？」

聞き返されると思っていなかった。アイは実際何も考えていなかった。家から高校までは電車を乗り継いで1時間ほどかかったが、それでも夜、時間は余った。自分は何をしているのだろうか。

「えっと、おな、じかな。」

「ん？」

「ミナと同じようなものかな。」

「はは、だめじゃん。」

そう言いながらミナは、ちっともだめだと思っていなそうだった。そして、お互い帰宅部だからと言って、放課後までアイと一緒にいようともしなかった。ミナはやはり堂々とひとりだった。

アイは通学時間を、本を読むことに費やしていた（テスト前には、それは教科書に替わったが）。往復2時間ともなると、読書量は面白いほど増えた。両親はアイに洋書を買い与えていた。アイはそれを喜んだし、丁寧な礼を言ったが、いつまでたっても両親に何かをもらうとき、「好きなものを手にすることが出来ない子どもたち」のことを考えてしまう癖は抜けなかった。

骸骨のように痩せ細り、でもお腹だけ大きく突き出た子どもたち。煙が立ち上るゴミ山をあさる裸足の子どもたち。路上で固まって眠り、大人たちから金品を盗むことで生きている子どもたち。

彼らは決して成長しなかった。アイの中でいつまでも子どもであり続けた。世界の不均衡の犠牲者である子どもの姿のままで。

ときどきアラビア語を忘れないようにと両親に言われたが、それは曖昧に返しておいた。アイはほとんどアラビア語を忘れかけていた。そう努めたからだ。

本に飽きると勉強をした。

やはり何かに没頭出来る時間が、アイには必要だった。先回りしてｉについて徹底的に勉強してもみた。アテネが興奮するのも、分かる気がした。数字や記号は孤高だった。そして静かだった。数式を解くことは、その静けさと対峙することだった。はっきりとした答えのある学問だったが、言語と同じようにその過程をいつまでも考えることが出来た。アイは数式に没頭し、数学はアイを決して拒絶しなかった。

2年生になる前に計算式は簡単に解けるようになった。アイは数学をはっきりと好きになったが、ｉが世界に存在しないことには変わりなかった。


夏休みは、両親と長野で過ごした。

アメリカにいたときに比べて、父は休みを長く取ることが出来なかった。散々悪態をつきながら、ふたりに大げさなキスをして、父は東京に戻っていった。

アイと母は軽井沢の小さなホテルで、夏休みのほとんどを過ごした。

「ニューヨークも耐え難《がた》かったけど、東京があんなに暑いこと、すっかり忘れてた！」

涼しげなワンピースを着た母は、まったく若々しく見えた。母は美しいのだと、アイは改めて思った。母は50歳を目前に控えているはずだった。白髪は染めていたが、きめ細かな肌には深い皺は見受けられなかったし、にこりと笑う顔は少女のようだった。7歳年上の父が母を愛した理由が、アイにはよく分かった。

「初めて綾子を見たとき、女神が現れたと思ったよ、僕にとっての女神が。」

両親はボストンで出逢った。互いの友人の結婚式でだった。黒い髪を長く伸ばし、小さな顔を若さで輝かせた母は、確かに女神のように見えただろう。ふたりは出逢ってすぐに熱烈な恋に落ち、半年で結婚した。母24歳、父31歳のときだった（それから7年後、ふたりの元にアイがやってくることになった）。

出産を経験していない母の腰は細く、お尻も綺麗に上がっていた。今のようにゆったりとしたワンピースを着ると、余計に体の美しさが目立った。母は、軽井沢のこの小さなホテルにぴったりの人物だった。

朝早く起き、ふたりで散歩に行き、昼には昼寝をして、夕方はテラスで本を読んだ（夏休みの宿題は、このホテルにやってくる前に済ませていた）。おおむね退屈だったが、その退屈さが心地よかった。母とこんなに長くふたりだけでいることも初めてだった。

アイと母はよく話した。ニューヨークの思い出、日本に来て驚いたこと、アイの学校のこと。アイはミナという友人が出来たことを話し、母はそれをこの上なく喜んだ。

テレビでは毎日アテネオリンピックが放映されていた。

男子柔道の野村忠宏《のむらただひろ》が三大会連続で金メダルを獲得し、男子バスケットボールでは、アメリカのドリームチームが初めて金メダルを逃した(「こんなこともあるのね!」と母は叫んだ)。男子ハンマー投げで金メダルを獲得したハンガリーのアドリアン・アヌシュがドーピング検査を拒否したため、日本の室伏広治《むろふしこうじ》が繰り上げで金メダルを獲得した。男子1500メートルでは、モロッコのヒシャム・エルゲルージが悲願の金メダルを獲得した。ヒシャム獲得した賞金を貧しい子どもたちに寄付している彼は、モロッコの英雄だった。ヒシャムの金メダルに、母は歓声を上げた。

「こういう人こそスターよ!」

オリンピックが終わると、夏休みも終わった。

まだまだうだるように暑い東京に戻り、アイと綾子はダニエルと久しぶりのキスをした。少し痩せた父は、妻と娘のふたりが涼やかな夏を過ごしたことを羨ましがった。

始業式の日、ロシア南部の北オセチア共和国でチェチェン共和国独立を求める武装勢力が学校を占拠した。特殊部隊が突入し、犯人およそ30人を射殺したが、人質340人以上が死亡した。

ダニエルはまだ帰宅していなかった。テレビから流れるニュースを、アイは母とふたりで見た。

「なんてこと。」

母は時々、そう呟いた。

アイはこっそり母の顔を盗み見た。ワールドトレードセンターの事件が起こったときと、今の母は少しだけ違っていた。心を痛めているのには違いがないだろうが、あのときの方が取り乱していたし、悲しんでいた。長く住んだ街で起こったことと、見知らぬ街で起こったこと、その差は当然なのかもしれなかったが、アイはそんな風に母のことを観察する自分が嫌だった。

新学期にクラスでチェチェンのことを話す生徒などいなかった。もちろんアイもだ。アイは朗らかに皆とあいさつを交わし、焼けた肌を遠慮がちに讃え合った。

夏休みの間、ミナとは何度か電話で話していた。軽井沢のホテルにいると言ったアイに、ミナは「ふざけんな！」と怒ったが、もちろん冗談だった（アイはミナのこういった軽口を愛した。すごく親しい感じがしたからだ)。ミナは夏休みの間、実家の家業を手伝っていたのだという。

アイは初め、夏休みに避暑で軽井沢にいるということなど、ミナに言いたくなかった。ミナがアルバイトをしていると聞いて、なおさらだった。

誰かと友人になるとき、その子の家庭の経済状態を慮ってしまうのは、アイの優しさからではなかった。アイは恵まれた自分が恥ずかしく、だから、相手が例えばどこかの社長の娘であったり、同じように恵まれた環境にあると安心するのだった。自分が「上」ではないこと、自分の方が「恵まれすぎていないこと」、アイにとってそれが重要だった。そうではない場合、カタリナに接したときと同じように、アイは羞恥心と罪悪感で押しつぶされそうになった。

その点では、アイの通っている私立の学校はいわゆるお坊ちゃん、お嬢ちゃんばかりだった。同じ制服、同じバッグを持っていても、彼らの恵まれた気配は何かしら感じられた。真っ白に洗濯されたハンカチから、相手をじっと見て話すその瞳から、ティーンエイジャーに似つかわしくない大人びた態度から。

ただ、アイは中でも自分は特別「恵まれている」という想いから逃れることは出来なかった。皆はたまたま裕福な家庭に生まれた。それは彼らが望んだことではないし、両親の意図的な選択によってもたらされるものでもないだろう。自分だってそうなはずだった。自分は両親の元に「養子」に行きたいと望んだ記憶もないし、両親だって子どもを選ぶことはしなかった。

でもアイは、自分が恵まれた環境の恩恵にあずかる正当な人間ではない気が、ずっとしていた。ここにいるのは私だが、私ではない他の誰かだったかもしれない。自分は「その子」の権利を不当に奪ったのではないか、そう考えていた。アイはいつも自分の幸福を、そして存在を持て余していた。

ミナの家は、「ごんだ」という老舗《しにせ》のこんぶ屋だった。ミナの父が三代目の有名な店で、つまりミナも、恵まれた環境にあった。そのことはアイを安心させた。そして安心する自分をもちろん恥じた（ミナがどのような家庭環境にあっても愛するべきだし、自然に接するべきなのに！）。

「うちの親、私に継がせる気満々だからね。」

ミナは髪をポニーテールにしていた。校則に適っている髪型のはずだったが、ミナがするとどうしても大人びて見えた。

「継がせるって、お店を？」

「そう。だからアルバイトとかさせるんだよ。今のうちからいろいろ学べって。」

「継ぐの？」

「まさか！　この年で将来決められるなんて地獄。母親なんてじわじわ婿養子の話とかお見合いの話とかしてくるんだよ？　信じられる？」

アイはでも、ミナの環境が少しだけ羨ましかった。

あなたには無限の可能性がある。

あなたにはこれから起こるすべての出来事を選ぶ権利がある。

そうやって広い荒野に送り出されるよりは、何もかも決められた道をすみやかに歩いてゆく方が心安いのではないか、アイはそう思っていた。この制服のように、このバッグのように。これを着なさい、こうしなさい、そう誰かに言われながら人生を歩んでゆくこと、何かを決定する余地がないこと。自ら選び、決定しなくていい人生とは、なんて穏やかなものだろう。

「来年は、アイの避暑についていこうかな。」

「え。」

「もちろんお金は出すよ！　友達と友達のママと夏休みを過ごすって言ったら、親どうするだろ。」

アイの胸は高鳴った。思わず体を乗り出した。

「来てよ、来て、来て。ママもパパも絶対喜ぶ！」

ミナが来年もアイと友達でいようと思ってくれていることが嬉しかった。

「まじー？　本格的に考えよ！　こういうのは先手先手がいいもんね。」

帰ったら早速このことを両親に話そうと、アイは思った。一緒に旅に行く親友が出来たアイのことを、両親は喜ぶだろう、心から。

アイが楽しく過ごすことは、両親に対しての義務のような気がしていた。幼い頃、とても繊細でおよそ世界を楽しんではいないように見えた自分、両親を心配させた自分が、今こそ若い幸福を全身から溢れさせて、両親を喜ばすべきだと。

そしてもちろん、そんな思いとは別に、アイはミナと過ごす夏休みを思って純粋にワクワクした。アイとミナはしばらく来年の計画を話し合った。可愛いパジャマを買おう、アメリカの映画に出てくるような１パイントのアイスクリームを食べよう、線香花火で長持ち競争しよう。

ああ、私たちはまるっきり親友だ！　アイは夢を見ているようだった。

二学期の中間試験で、アイは学年トップになった。特にアテネは数学の成績の伸びに感嘆した。

「曽田さんは完全に文系だと思っていたんですが。」

勉強が出来るからといって、それをからかう生徒はこの学校にいなかった。もしかしたらそれがアイだったからかもしれないが、それでも生徒たちは優しく、礼節があった。時々電車で見る女子高の生徒たちは、髪をカールし、うすくお化粧をして、こちらがハラハラするほどスカートを短くしていた。アイたちとはまるで違った。秋が過ぎると、アイは自分たちの学校が他校から「ダサい」と言われていることを知った。文化祭にも、他の学校からの生徒はほとんど来なかった。


両親がミナに会ったのも、秋の文化祭でだった。

背の高いダニエルと、小さいが美しい綾子は目立った。それがアイの親だというのだから、注目を集めるのは仕方なかった。生徒の親たちはこぞって挨拶に来た。

「今度ぜひうちにいらしてくださ い。」

「アイさんとうちの子、お友達になってくれたらいいのに。」

「家族ぐるみでこれから、ねえ。」

みんな、驚くほど熱心だった。

こういうときの両親の、特にダニエルの立ち回り方は見ものだった。天気の話なんてしなくてもよかった。相手の持ち物を褒め、軽いジョークを言い、その場から離れるときは相手に「自分との話がつまらなかったのかな」とは決して思わせなかった。飲み物がなくなったとか、知り合いを見つけたとか、あなたを独占してしまって申し訳ないとか、とにかくスマートな言い訳をして、さりげなくその場を去るのだった。そして別の場所で、また新たな輪を作ってしまうのだ。

「アメリカで散々パーティーに出たし、ホスピタリティや作法を身につけたつもりだったけど、ダニエルにだけは絶対に敵わないの。彼はまさにパーティーの花よ！」

そんな風に言った綾子に、皆が賛同する場面をアイは何度も見た。アイもそう思った。

「祖父母が商売をしていたからね。夏休みに店を手伝うのが好きだったんだ。客と喋って喋って、祖父母より売り上げたこともあるんだよ！」

ダニエルの祖父母、ダーマット・ワイルドとその妻エヴァは、オレゴンの小さな街で金物屋をしていた。

アイが両親の元に来たとき、ふたりはすでに他界していたが、写真だけは見たことがある。目元がすべて陰になるタイプの、幾分いかめしい顔をした人たちだった（夫婦共にだ）。アイルランドから来た移民で、とても苦労したらしい。ダニエルの父、つまりアイの祖父ジェイムスはその家で貧しい幼少期を過ごし、やがて家を出ると、学習教材のセールスを始めた。

「想像してごらん。自分ではまったく理解出来ない科学や数学の教材について、これで勉強すれば何が分かるようになるか、どれだけ意義のあることかを話してまわるんだ。口もうまくなるわけだろ？　ダニエルは俺の血を引いたんだ。ヴァーバル・ダニエル、口から生まれてきた男だよ！」

ジェイムスは冗談が好きな、よく笑う人だった。

ダニエルの母、フロレンティナはポーランド移民の娘で、やはり貧しかった。

フロレンティナの両親、ブルーノ・カミンスキと妻イザベラは、共に教育に熱心だった。貧しい家計をやりくりして、7人の子どもたちすべてに教育を受けさせた。苦労の甲斐あってフロレンティナは地元の学校を首席で卒業し、タイピングの仕事を得た。そこで出逢ったのがジェイムスだ。

フロレンティナはジェイムスの9歳上だった。だが年齢差をものともせず、ふたりは恋に落ちた。そして結婚後、学習教材の販売会社『J&F．COMPANY』を立ち上げた。フロレンティナは、会社の経理を担当し、得意のタイプで様々な営業を試みた。会社はみるみる大きくなり、やがてダニエルの姉ジョージアが生まれ、ついでダニエルが、そしてロバートとドナルドという弟たちが生まれた。

ダニエルの実家はオレゴン州のポートランドにあった。大学と雨が多い街だった。アイも何度か行ったことがある。祖父も祖母も、そしてダニエルの姉弟たちも、アイのことを可愛がってくれた。だが、

「アイは家族だよ、本当の家族だ。」

そう言ってアイの顔を撫でてくれる祖父母は、でも自身にそう言い聞かせているようにも見えたし、ジョージア伯母さんの言う「ダニエルのしたことを誇りに思う」という言葉にも、アイはわずかに傷ついた。自分を家族にしたことは、「誇り」に思うような重大な決断なのだ。つまりワイルド家にとって自分はとてもイレギュラーな存在なのだ（ああ、アイは本当に聡明で、そして繊細な子どもだったのだ！）。

ジョージア伯母さんもロバート叔父さんもドナルド叔父さんも、全部で12人の「本当の子ども」を持っていた。アイのいとこたちは皆肌が白く、ほとんどピンクといっていいほどで、セルリアンブルーやエメラルドグリーンやブルーグレーの瞳をしていた。ふわふわとした髪の毛は金色か小麦色で、アイのように黒い瞳と黒い髪をした子どもはいなかった。

子どもたちとはよく遊んだが、やはり苦手だった。ワイルド家の子どもたちは名前の通り一様にワイルドで、それがアイを怖気《おじけ》づかせた。「どうして家族なのに瞳の色が違うの？」「どうしてダニエルおじさんに似てないの？」そう屈託なく聞いてくる彼らに、ア

イは何も答えることが出来なかった。

その点、綾子側のいとこたちは皆黒い髪と黒い瞳を持っていた(肌の色は違ったが)。アイに話しかけたりせず、遊びたくてももじもじとこちらを見るような子どもたちばかりだった(それも5人、ワイルド家に比べたらつつましい数字だ)。アイは遠慮がちにいとこと遊び、お互いの領域を無言のうちに侵すことはしなかった。日本の環境は、とことんアイの性質に寄り添っていたのだった。

綾子は神奈川県で生まれた。いわゆる成り上がりのワイルド家と違って、綾子の家、曽田家は代々裕福だった。綾子の祖父栄吉郎《えいきちろう》は英語が話せたので、戦中、国から翻訳者としての仕事を与えられた。戦後には絵画や美術品、ガラスや茶器を輸入する会社を興し、成功した。息子である綾子の父は武久《たけひさ》と名付けられ、10代から20代をニュージャージーで過ごした。アメリカ流の経営学を学んで帰国後は、三男だったが家業を継ぎ、綾子の母なつめと見合い結婚した。

なつめは銀行家の父豊作《ほうさく》と母邦子《くにこ》の次女として生まれた。邦子の父は貴族院議員で、やはり裕福だった。なつめもロンドンに留学経験を持ち、いつも洋装で過ごし、自身でも洋裁を得意とした。

武久となつめの元には3人の子どもが生まれた。いずれも女児で、綾子は3人目の、年の離れた娘だった。幼い頃から芸術に親しみ、バレエはユースのカンパニーに所属してプロを目指すほどだった。

「身長が低くてあきらめたの。」

確かに綾子は日本人の中でも小さく、背の高いダニエルとアイに挟まれると、まるで子どものように見えた。

語学留学中に出逢ったダニエルとの結婚を、武久もなつめも反対しなかった。それどころかもろ手を挙げて賛成した。公務員と一緒になった長女美子《よしこ》、大学教師と家庭を持った次女の政子《まさこ》、それぞれの結婚を、ふたりはどこか味気なく思っていたようだった。

ダニエルは曽田家でも花となった。皆に愛され、皆を愛した。ふたりは誰からも祝福され、めでたく家族となったのだ。

武久もなつめも、アイを可愛がってくれた。数回しか会ったことのない祖父母は、でも、やはりどこか戸惑っているように感じた。ジェイムスのように頬にキスしたり、フロレンティナのように力いっぱい抱擁したりしないのは、彼らが日本人だからのはずだったが、日本人のつつましさと違うものを、アイに対して持っているような気がした。

アイは「グッドガール」であることに努めた。彼らに災厄をもたらすことはない、無害な存在なのだと、祖父母に分かってほしかった。大人しいいとこたちと一緒にいるとき、アイは特に神経をすりへらした。祖父母の感情を害さないよう、出来うるなら愛されるよう、細心の注意を払った。

綾子の実家とダニエルの実家には、共通点がひとつだけあった。

廊下の壁に、歴代の家族の写真を飾っていることだった。セピア色の写真の中の人物たちは、映画で見たような古めかしいドレスや着物を着て、いささか緊張した顔で立っていたり座っていたりした。カラーの写真の人物たちはどれもリラックスして、笑顔で写っていた。両親は、写真の中の人物が誰か、すべて把握しているようだった。

「これは僕のおじいさんのお兄さんでね。」

「この人はママのママの妹よ！」

つまりすべての人と両親は血が繋がっているのだった。

壁に規則正しく、またはランダムにかけられた写真たちは、大きな木のように見えた。まさにファミリーツリーだ。ここにいる人すべて、そしてここにいない人のすべてがいて、祖父母が、そして両親がいるのだ。そしてみんな、みんな血の繋がりがあるのだ。

壁の前でアイは圧倒された。まるで大きな血管の連なりを見ているような、そしてその脈動を聞かされているような、そんな気がした。

「ほら、ここにアイもいるよ。」

それぞれの壁には、アイの写真も飾られていた。ツリーの端、つつましやかに、でもしっかりと。写真の中のアイは、セピア色の緊張感もなく、でもカラーの穏やかさもなく、なんとも言えない顔で立っていた。他の写真の誰にも似ていなかった。

自分はファミリーツリーに属することは出来ないのだ。

いや、出来ないということはない。自分がここにいるのは、生物学上の父と、生物学上の母がいてこそなのだ。でもそのふたりの顔も知らないのであれば、自分は土も根もない一本の草に過ぎないのではないだろうか。風が吹けば飛ばされる、頼りないただの草に。

アイは自分の足を見た。太い根を探した。でももちろんそれはただの足で、両親に買ってもらった真新しい靴が光っているだけだった。

「アイの家族って恰好いいよね。」

文化祭で出逢った両親を、ミナはことのほか気に入ったようだった。

ミナの両親は商売があるので来ることが出来なかったが、ミナはそのことにほっとしていた。

「私の親なんて、アイに会わせたくないよ、絶対嫌だ。」

親を友人に会わせるのを恥ずかしがるミナには、しっかりとした根がある、アイはそう思った。実際ミナの足はまっすぐ伸び、まるで若い木のようだった。

「お父さん、背が高くてハンサムだし、お母さんすごくキュートだし、なんていうの？　友達みたいな感じ！」

ミナと母は早々に来年の軽井沢行きを決めてしまっていた。ダニエルも張り切って、来年こそは長く休むと意気込んだ。アイも嬉しかった。翌年の夏を楽しみだと思ったのは、人生でほとんど初めてのことだった。

冬休みに入り、日本に来て何度目かのクリスマスを過ごした。仏教の国だと聞いていたが、街はずいぶん賑やかだった。駅前はイルミネーションがきらびやかに光り、百貨店はクリスマスのセールに沸いた。

日本に来て驚いたことのひとつに、信仰の曖昧さがあった。信仰を持っていなくても、あるいはそれぞれの信仰を持っていても、例えば結婚式は教会でやり、初詣は神社へ行き、葬式は仏式でやる。何ごとも決められた枠内でやることが得意な日本人、という印象だったが、信仰だけはこんなにも淡いのだった。

とはいえ、アイ自身の信仰も曖昧ではあった。

ダニエルはユダヤ教徒だったが、それは母親がユダヤ教徒だったから、というだけのこと、ユダヤ教の祭であるハヌカを祝った同じ月にクリスマスツリーを飾ることに抵抗はないようだったし、綾子もそうだった。両親に連れられてシナゴーグに行ったのは、覚えている限りアイが小さな頃だけで、家でもコーシャにこだわることはなかった。

自分がもし生物学上の両親の元にいたら、自分には強固な神がいたのだろうか、アイは時々そんなことを思った。シリアではイスラム教徒が多数を占めていた。中でも多いのはスンニ派で、現大統領のバッシャール・アサドはイスラム教徒でも少数と言われるアラウィー派だった。他にもイスラム教シーア派、クルド人などに信者が多いヤジディー教、シリア正教などのキリスト教徒もいる。様々な宗派、そして民族が入り交じって、シリアはまさにモザイクのようだと、かつて両親に与えられた本に書いてあった。

生まれた環境によって信仰する神が違うのであれば、「神」とはどういう存在なのだろうか。9・11のとき、熱心に祈る両親の姿を見て、アイは「どの神に祈っているの?」、そう思ったものだった。そして祈るために握りしめられた自分の両手を見ても、やはりこう思ったのだ。

「私は一体、誰に祈っているのだろう?」

それでも何か大きな出来事があったとき、アイの両手は自然に近づき、握りしめられた。対象は曖昧でも、体は祈りを求めている、それが不思議だった。

12月26日、インドネシアのスマトラ島沖でマグニチュード9.1の地震が起こった。地震の被害は甚大《じんだい》で、インド洋沿岸諸国を津波が襲った。その結果12ヶ国で22万人以上が死亡し、被災者は数百万人に及んだ。

それを知ったときも、やはりアイは祈った。ダニエルと綾子はすぐに義援金を寄付し、アイも小遣いから貯めていた金を寄付した。もちろんこんなことで済むとは思わなかったが、安穏としてはいられなかった。アフリカでは内戦が、アフガニスタンでは空爆が続いていた。人災であっても天災であっても、世界では毎日、たくさんの人間が死んでいるのだった。

２００５年3月29日、スマトラ島の西方で再び地震が発生した。今度はマグニチュード8.7、ニアス島という島を中心に、犠牲者はおよそ２０００人に及んだ。この頃からアイは、死者の数をノートに書き込むようになった。そしてたちまちそれに夢中になった。

7月7日、イギリス・ロンドンの地下鉄や路線バスなどで爆破テロが起こった。実行犯はアルカイダ系組織のメンバーで、死者は56人に及んだ。

同じ7月23日には、エジプト、シャルム・エル・シェイクのホテルなどでやはりアルカイダ系組織による同時爆弾テロが発生した。死者は83人だった。

世界中のすべての事件を網羅することはもちろん出来なかった。アイは日本にいて知ることが出来る「大きなニュース」の死者だけを書いた。毎日前を通る交番の「交通事故死」の数を見ないようにするのに必死だった。「小さな数」の死者には、かまっていられなかった。それをカウントし始めると、自分がおかしくなってしまうからだ。

アイがそんなことをしているのを、ミナは知らなかった。

2年生になり、ミナとはクラスが別れたが、親交は続いていた。その頃にはふたりとも携帯電話を持つようになっていて、授業中や放課後、他愛のないことをメールし合った。

『暑くない？』

『暑すぎ。』

『現国地獄だ、眠い。』

『ごめん、寝てた。』

クラスでも友達は出来た。皆、とても明るく、やはり中学時代の友人たちに似ていた。彼女たちは一様に運動部に入っていたので、放課後や休みの日を一緒に過ごすことはなかった。それはアイの心を穏やかにした。ひとりで帰る電車の中で、アイはますます本に熱中した。成績は伸び続け、学年で一位であることは常態になり、景色に溶けた。


夏休みになると、約束通りミナは軽井沢にやって来た。

「涼しい！！！！」

歓声を上げるミナを、両親はほほえましそうに見た。アイもだ。こうやって感情を出し惜しみしないミナは眩しかった。

出発前、ミナの両親に挨拶に行くと言った両親を、ミナは全力で止めた。代わりにミナの両親から家に電話がかかってきた。娘がお世話になります、というようなことのはずだったが、長々と話した母は、電話を切ってぐったりしていた。

「私も相当お喋りな方だけど、ミナちゃんのお母様にはかなわないわ。話があっちこっち飛ぶのよ。」

アイは、「恥ずかしいから両親に会わせたくない」と言っていたミナを思い出した。

ミナはきちんと宿泊代を持ってきていた。ダニエルは受け取りを断ったが、ミナがあまりに熱心なので、しぶしぶ受け取った。

ダニエルが予約した部屋は、去年より大きかった。二部屋が続いていて、もちろんアイはミナと、ダニエルは綾子と同室だった。窓からは森が見え、朝食はテラスで取ることになっていた。

「信じられない！　最高！」

ミナははしゃいで、アイに枕を投げつけてきた。アイも投げ返した。こんなにはしゃいだことはかつてなかった。子どもの頃さえも。ミナが好きだ、アイは心からそう思った。

4人で森を歩き、きのこを見つけ、リスの写真を撮った。夕方になるとダニエルと綾子は昼寝をし、アイもミナも一応ベッドに入るのだが、一向に眠れなかった。持ってきた新しいパジャマを着て、テラスでモデルのようにポーズを取って写真を撮ったりした。写真を、例えばクラスメイトに送る気にはなれなかった。ミナもそうなのか、アイが撮ったのとほとんど同じアングルの写真をアイに送ってきた。アイも送り返した。

夕食はホテルのレストランで取った。綾子とダニエルはシャンパンを開け、アイとミナは長野で採れたぶどうのジュースを飲んだ。料理はどれも美味しく、食べても食べても止まらなかった。ミナも、とてもよく食べた。アイのほとんど半分だと言ってもいい体のどこにそんなにたくさんの食べ物が入るのか不思議だった。

アイは17歳になっていた。最近、急に太りだした。元々豊かだった胸はさらに大きくなり、大げさではなくブラジャーが日ごとにきつくなるような気がした。腰骨は豊かに張り、制服のスカートのひだが乱れた。一方ミナはというと、服を着ていても美しい体をしていることが分かった。すらりと伸びた足、細い二の腕は、アイと比べ物にならなかった。アイは自分の体が恥ずかしかった。

小柄で痩せた綾子とも、自分の体は違った。アイはそういうとき、自然に生物学上の母を思った。アイの中で母は、何故か幼い頃コニーアイランドで見たムスリムの女性だった。白い肌をし、太ったからだを揺らして、彼女は世界のどこかで生きているか、死んでいるのだった。

夜になると、4人でテラスに出た。

夜の軽井沢は肌寒いほどだったが、ショールを羽織って話していると、いつまでも話は尽きなかった。

「たき火があれば最高だね。」

ダニエルが言った。そういえばダニエルの実家では、庭でよくたき火をした。その火で枝に刺したマシュマロやバナナやソーセージを焼き、皆で話をするのだ。

「涼しいっていっても、たき火はさすがに暑いんじゃない？」

綾子とダニエルはワインをほとんど一本空けていた。それでも顔が赤くなったり乱れたりしないから、ふたりは強いのだった。

「アメリカ人ってたき火が好きよね。」

綾子が笑うと、ミナが「そうなんですか？」と瞳を輝かせた。

ミナはいつかニューヨークに行きたいらしかった。それも旅行ではなく、住んでみたいのだと言う。

「ニューヨークに住みたいなんて、知らなかった。」

アイが言うと、ミナは「そうだっけ」と笑った。ミナが両親に気を遣ってそんなことを言っているのではないことは分かった。ミナは少しだけワインを飲ませてもらっていたが、酔っているわけではなさそうだった。ミナの瞳は黒目がちになり、小動物のようにキラキラと光った。

「テレビで見るニューヨークってさ、いろーんな人種がいるじゃない？　なんかそれだけで居心地良さそうだし、エネルギッシュだと思うんだよね。なんだっけ、人種のる、る、」

「坩堝《るつぼ》？」

「そう！」

「そうだね、人種の坩堝っていうことにかけては、ニューヨークより賑やかな街はないんじゃないかな。」

「そうね。本当にそうだわ。ちょっと歩いたら各国の料理が食べられるし、聞こえてくる音楽だって街によって違うの。賑やかったらないわよ。」

その賑やかさにこそ居心地の悪さを感じていたアイは、3人の会話には入らなかった。静かに、話の行く末を見守っていた。

「英語勉強しなくちゃ。他の科目は壊滅的だけど、英語だけは頑張ってるんです。」

「英語なんて、みんなめちゃくちゃよ！　私だってほら、完全なジャパニーズイングリッシュだし。チャイナタウンの中国人なんて、何十年も住んでるのにいまだに話せない人もいるんだから！」

「そうなんですか？」

「それは言いすぎじゃないか、綾子？」

「いいえ、そうよ。オイスターソースの小さい瓶たったひとつを買うのに、私がどれだけ苦労したか、あなた知らないでしょう？」

「ははは。まあ、タクシーなんて乗ってごらん。それはもう、いろんななまりの英語を聞くことが出来るよ。」

「タクシー！　イエローキャブでしょ？　いいなぁ、乗ってみたいなぁ。」

「いつかアイと行ったらいいわ。アイが案内してくれるわよ。」

9・11から4年経って、ニューヨークは元の姿を取り戻していた。いや、それはアイが感じたことではなく、テレビでそう聞いたのだ。「元の姿を取り戻したニューヨーク」、それはどういう街なのだろう。

悲しみに沈んでいた市民たちが笑うようになった？

ワールドトレードセンターのがれきがすっかり片づけられた？

それは元の姿だと言っていいのだろうか。亡くなったおよそ3000人の命は、元には戻らないのに？

アイは知らぬ間に心を囚《とら》われていた。「生き残ってしまった」という、あの思いにだ。

「わあ、そうなったら最高！」

ミナの声が遠くに聞こえた。優しいミナのことだ、きっと2001年の9月11日には、胸を痛めていたのに違いない。寄付をしたかもしれないし、涙を流したかもしれない。でもいつ、悲しみ終えたのだろうか。皆が悲しみ終えていい瞬間は、いつ訪れたのだろう？

「ね、アイ?」

「え?」

ミナを見ると、ミナの唇が濡れていた。話しながらいくつも頰ばっていたぶどうの汁だった。アイはそれを拭ってやりたいと思ったが、手を伸ばすことが出来なかった。

「ちょっと、聞いてる? いつかアイと一緒にニューヨークに行きたいって話!」

「あ、ああ、うん。行ければいいね。」

「何それー、気のない返事。」

「うん、ううん。だって私、中学校で日本に来ちゃったし、あんまり道とか分かんないよ、家の周りをぶらぶらするくらい。」

「アイのその英語力があればいいんだって! ニューヨークをひっかきまわそうぜ!」

ミナは時々、こんな風に乱暴な言葉を使った。ミナが使うとそれはとても自然で、何よりアイの好きな親しみの表れになるのだった。

「ニューヨークかぁ。」

アイはいつかミナとニューヨークを歩く自分を想像してみた。メトロに乗る自分とミナを、ベンダーでコーラを買う自分とミナを、ブルックリンハイツから対岸を臨む自分とミナを。そして、ここで育ったのだとミナに話す自分を。私はカタリナのことをミナに話すのだろうか。カラフルな学校、カラフルな街、そのカラフルさが自分を苦しめたことを?

「うん、行こう。いつか。」

「よっしゃ! ああ、それだけでこれからの人生頑張れるわ。」

「大げさ!」

「いや、本当だって。」

その瞬間、周囲がふわりと明るくなった。雲に隠れていた月が顔を出したのだ。月はほとんど完璧な球体だった。皆の顔が淡い黄色に染まった。

「さて、ワインもなくなったし、解散しましょう!」

それは確かに、ささやかなパーティーを終わらせるのにちょうどいい頃合いだった。ダニエルのことを褒めていたが、綾子自身もとても魅力的で巧みな「パーティーの花」なのだ。

「ガールズトークの時間でしょ? ふたりで好きな男の子の話でもしてきたら?」

綾子はふたりからグラスを取り上げ、ダニエルは空になったボトルと果物の皿を片付けた。アイはそのときふと見せたミナの表情を見逃さなかった。

ミナは少し、本当に少しだけ悲しそうな顔をした(ように見えた)。そしてアイも、自身で気づいたことに驚いたのだった。

私たちは今まで、恋の話をしたことがない。

ミナといると、いくらでも話すことが出来た。成績のこと、クラスメイトのこと、好きなミュージシャンのこと、ミナのアルバイトのこと。だから「好きな男の子」の話が入るような余地はなかった（はずだ）。でも出逢って1年以上経った、親友同士といっていい17歳の女の子ふたりが、ちっとも恋にまつわる話をしないのは、少しおかしいのではないだろうか。

ふたりで部屋に戻ってからも、アイはチラチラとミナの表情を窺った。先ほどのような表情はしていなかった。頬が紅潮しているような気がしたが、その顔色に見合うような態度ではなかった。ミナはとても静かだった。

シャワーはふたりともすでに浴びていた。でもミナは、寝る前にもう一度汗を流したいと言ってシャワールームに消えて行った。何も変わったところはなかった。

自分はいつも考えすぎる、アイはそう思った。

ベッドに腰かけ、我慢出来ずにそのまま横になって目をつむった。シーツはパリッと乾いて気持ちよかった。歯を磨きたかったが、バスルームに入ってゆくことは出来なかった。ささやかなシャワーの音は途切れなかった。まるで雨のようだった。

それとも、このまま入ってしまおうか。

自分で思ったことに驚いた。アイは目を開いた。

ミナはどうするだろうか？

17歳の女の子がふたり同じ部屋に泊まっている。一方がシャワーを浴びているとき、もうひとりが歯を磨きにバスルームに入る。それはおかしいことなのだろうか？　それとも、仲のいいふたりなら自然なことなのだろうか？

アイはまた目をつむった。いや、自然なことなのだろうか、などと思っている時点で不自然だ。自分はミナの裸を見たいのか？　それとも、裸を見せあえるような親密な関係になりたいだけなのか？　姉妹のような？

アイは考えることをやめられなかった。ワインを飲まなかったのは自分だけのはずなのに、ここにいる誰よりも、父よりも母よりもミナよりも、自分は高揚している。それはどうしてなのだろう。

ミナは？

ミナは私の裸を見たいと思うのだろうか？

アイは「あ」と声をあげた。自分が考えたことが、何かとてつもなく不遜《ふそん》で汚らわしいことのように思えたのだ。

ニューヨークにいたときも、中学校でも、今も、アイには母の話すような「好きな男の子」はいなかった。優しいだとか、素敵だなと思うことはあっても、そこから何か行動を起こそうという気持ちにはなれなかった。

自分はまだガキなのだ、そう思っていたが、いくら「ダサい学校」でもカップルは出来ていたし、生理が遅れて焦っている女子生徒がいることも知っていた。それにセクシュアルな衝動は自然なことなのだと、綾子からもダニエルからも教えられていた。だが、それが女性に向けられた場合はどうなのかということは分からなかった。

ミナといると嬉しかった。いつまでも一緒にいたかったし、ミナのためならなんだってしたかった。生まれて初めて出来た親友だからそう思うのだろうか。それとも、みんなが夢中になるあの恋からくるものなのか。

シャワーの音が止んだ。

アイはベッドに潜り込んだ。目をつむって眠ったふりをした。なんとなくミナに申し訳なかった。ミナもアイが眠っていると思ったのだろう、話しかけてこなかった。

ミナが髪の毛を拭いている音が聞こえた。長い髪を乾かすのに、ミナはずいぶん時間をかけた。面倒くさいだろうに、ミナは1日に二度も三度もシャワーを浴びるのだ。ミナが使っているのはホテルのシャンプーではなく、家から持ってきたものだった。それもボトルごと持ってきたから驚いた。家の人が困らないか聞くと、ミナは、これは自分専用なのだと言った。

あるいは高校2年生の女の子はみんなそれぞれ自分専用のシャンプーを持つものなのだろうか。アイは何の疑問も持たず、綾子とダニエルが使うものを使っていた。ニューヨークにいたときから使っていたオーガニック製品で、日本で手に入れるのに最初綾子は苦労していた。

「親と同じにおいなんて嫌なの。」

ミナはそう言った。アイはそれを、愛された「真実の子ども」特有のわがままだと思った。アイは両親と同じにおいであることが嬉しかった。綾子の選ぶ製品は強い香りのするものではなかったが、顔をうずめた枕から、ソファに転がったクッションから、家族と同じにおいが淡く立ち上ってくると、アイは心から安心するのだった。

でも、それってまるっきり子どもみたいだ。

アイは眠ったふりをしながら、そう考えた。今でも、ミナ以外の3人は同じにおいをさせている。そのことが少し恥ずかしかった。そんな風に考えながら、でもアイはいつの間にか本当に眠ってしまった。

ミナから思いがけない話を聞いたのは、翌朝だった。チェックアウトのための荷造りをしているときだ。

「私、お兄ちゃんがいるんだよね。」

初めて聞いた話だった。

「隠してたわけじゃないんだけど。」

確かにそうだろう。兄弟がいるのか聞いた覚えはアイにはなかったし、兄弟がいること自体、隠すようなことではなかった。

「なんていうの、種違いの兄で。うちのお母さんの連れ子なんだよね。」

複雑な話になってきた、アイはそう思った。でも、荷造りの手は止めなかったし、別段驚いたそぶりも見せなかった。ミナがそう望んでいるような気がしたからだ。

「だからお兄ちゃんは、私とお母さんとは血が繋がってるけど、お父さんとは繋がってないんだ。」

血。それを思うとき、アイの脳裏に浮かぶのは木だ。ダニエルの実家で、綾子の実家で見た血液の大木。

「そんなこと、どうでもいいじゃん？　お父さんは、お兄ちゃんがいるお母さんを好きになったんだからさ。」

ミナは自分の洋服をテキパキとたたんでいた。その速さと美しさは、驚くべきものだった。きっと母親に教えられたのだろうと、アイは思った。

「うちのこんぶ屋って、老舗なんだよね。江戸時代から続いているらしくって。どうでもいいけど。」

人が「どうでもいい」と言うときは、「どうでもよくない」ときだと、経験から知っていた。アイはわずかに緊張していた。

「それでさ、ごんだって名前のそのこんぶ屋をさ、どうしても私に継がせたいわけよ。」

その話は覚えていた。ミナはそのために実家でアルバイトをさせられ、お見合いの話までされるのだと言っていた。

「お兄ちゃんじゃなくて私に継がせたいの。血が繋がっているから。それだけで。江戸時代から続いて来た権田の血を私が受け継いでいるから、あの人たちはお兄ちゃんじゃなくて、私に継がせたいんだよ。」

ミナは「あの人たち」、と言った。それはミナの兄と血の繋がっていない父だけではなく、血の繋がっている母のこともそう思っているということだ。

「それって。」

ミナの手が少し遅くなった。

「ものすごーく、ばかみたいだよね。」

アイに聞いているのではなかった。アイはだから、返事をしなかった。もうたたんでしまったパジャマを広げ、ミナのように出来る限り美しくたたむ努力をした。

パジャマをたたんでしまうと、もう荷造りは完了してしまう。アイは出来るだけ時間をかけた。何故だか手を止めると、ミナがもう話してくれなくなるような気がしたからだ。昨日の夜でもなく、おとといの夜でもなく、出発する朝、一番慌ただしい時間にミナがこの話をすることに、何か特別な意味があるのだと、アイは思っていた。

「私、婿養子取れって言われてるんだよ、この年で。そんで、子どもを産めって。権田の血を絶やさないために。本当、ばかみたい。」

血を絶やさない。

アイの中で、血液の音が大きくなった。それは水の音に似ていた。似ていたが、水の音にはない残酷さがあった。音から漏れたものを淘汰する絶対的な力があった。

「ばかみたい。」

アイは、ミナのように思うことは出来なかった。

自分のファミリーツリーの先端にいる、自分たちの血を受け継いだ子に跡を継いでほしいと思うミナの父のことを、そして、それに賛同する母のことを、ミナのように「ばかみたい」だとは思えなかった。悲しかったが、そして苦しかったが、「そう思うのは当然だろう」と思っていた。思ってしまった。

「アイのパパとママは素敵だよ。すごく素敵。」

ミナはそう言いながら、アイの方を見なかった。

「血の繋がりなんて関係ない。」

それはあなたの言うことではない、アイはそのとき初めてミナに反感を覚えた。そしてすぐにそう思う自分をなじった。では、誰だったらそう言ってもいいというのか。

「アイは本当に幸せ者だね。」

アイは返事をしなかった。どれだけ一緒にときを過ごしても、友達以上の感情を持っていても、分かってもらえないことがある。そのことは十分知っていたつもりだったのに、アイは傷ついていた。自分が「幸せ」だと、「恵まれた人間」だと思うことが、どれほどアイを苦しめるか、ミナに分かってもらえていないことが悲しかった。

「そうだね。」

パジャマは何度やっても綺麗にたためなかった。アイはすでに諦めていた。どうせ家に帰ったら、すぐに洗濯機に放りこまれるのだ。そしてすっかり清潔になったそれを、綾子が美しくたたんでくれるのだ。

「アイが羨ましい。」

シャンプーのボトルをしまうミナの手元を、アイはじっと見つめた。ミナは今も、ミナだけのにおいをさせている。家族とは違う、彼女だけのにおいを。

10月8日、パキスタン北東部でマグニチュード7.6の地震が発生し、結果7万人以上が死亡した。

アイのノートの死者数は、万を超えていた。計算しなくても分かった。これだけの人間が死んでいるのに、世界はまだつつがなく進行していた。朝起きたらお腹が空き、満員の電車は数分おきに出発し、授業は退屈だ。

じゃあ、人はどこで死んでいるの?

アイは時々、そんな風に思いさえした。毎日人が死んでいるのは、それも数万人単位で死んでいることは間違いがないのに、自分たちの近くで起こらなければ、それはなかったと同じことになる。誰かがどこかで死んでも、空が割れるわけでもなく、血の雨が降るわけでもない。世界はただただ平穏だ。

「この世界にアイは存在しません。」

冬がやって来ると、3年生たちが落ち着かなくなる。

シリアスな空気の中に大げさな悪ふざけの声が上がったり、乱暴な言葉の中に驚くほど切ない瞬間が訪れる。

それでもこの学校は、公立高校よりは落ち着いたものだった。ほとんどの生徒はそのまま付属の大学に進学することが決まっているからだ。落ち着きのなさは残りの外部進学組から、そしていつか来る別れの気配を感じたすべての生徒から放たれていた。

アイのクラスでも、そろそろ卒業後のことを考えておくように、と担任が告げた。付属の大学に進むことをすでに決めている生徒もいたし（「だってなんのためにこの高校に入ったの？」）、何か思うところのありそうな生徒もいた。

アイはまた受験することを考えていた。

テストではいつも学年で一番を取っていた。ほぼ2年間、一度も二番に陥落しなかった。アイは皆に秀才として知られていたし、より高いレベルの大学を目指すことは当然だと思われていた。

でもアイは、自分のレベルを上げるために受験をしたいのではなかった。努力して選ばれること、それが大切だった。

受験は当然ながら受かる者もいるし、落ちる者もいる。その選定はとてもシンプルだ。成績の順、それだけ。その無慈悲さとクリアさに、アイは惹かれた。何か分からないものに漠然と選ばれたのではなく、自分自身の努力によって勝ち取った点数で選ばれることが、アイにとって重要だった。ミナの兄の話を聞いてから、その思いはより強くなったのだったし、あるいはノートに死者の数を書き出したときから、決まっていたことなのかもしれなかった。

ミナは付属の大学に行くと決めているようだった。正直、ミナと送る大学生活に強く惹かれた。でも、ミナはアイの学力を分かっていたし、一緒に通おうなどと誘わなかった。アイはそのことに感謝した。

年が明けた2006年2月3日、エジプト沖の紅海で乗客1400人を乗せたフェリーが沈没し、犠牲者は1000人以上にのぼった。同じ月の17日には、フィリピン中部のレイテ島で大規模な地滑りが発生し、死者・行方不明者は1000人を超えた。

死んでしまった彼らは、そして生き残った彼らは、どうして選ばれたのか。

フェリーに乗らなければよかった？　でも、中で生き残った人がいることはどう説明する？　地滑りは避けられないことだとしても、場所によって被害が違うのは？

どうすれば助かったのか明言出来ない状態で死んでいった人たちの存在は、いつだってアイを苦しめた。

何がそれを決めているのか？

アイはノートにただ起こったことと死者の数だけを書いたが、その数は定員ではなかったし、シンプルな選定で決まったわけではなかった。おそらく誰の恣意《しい》もなく、ジャッジもない状態で、彼らは死んだのだ。

3年生になった5月27日には、インドネシア・ジャワ島中部のジョグジャカルタでマグニチュード6.3の地震が発生した。死者は5500人以上。「以上」の中に何人いるのか考えることを、アイはもうやめていた。

同じクラスになった内海義也《うつみよしや》が、進路希望表を白紙で提出したと聞いたのも5月だった。アイは理数系のクラスに進んでいた。ｉについて徹底的に学ぶうち、数学の静謐《せいひつ》さ、美しさに完全に魅せられたのだ。

例えば語学や歴史にはどうしても意味が付加された。そして意味から広がる様々な世界は、最終的に必ずアイを苦しめた。無意味の中にいたいのとは違う、ただとにかく自身のことや世界のことを考えてしまう時間から解き放たれたかった。数学に意味がないわけではない。でも数字は数字以外の何物でもなかったし、数式は数式としてしか世界に存在していなかった。それらに没頭していると、他の声は消えた。その難解で、でもシンプルな時間を、アイは愛した。

理数系は男子生徒の方が多かった。それだけが唯一アイの心を苛《さいな》んだ（そのことを喜ぶ女子生徒もいたが）。この中の誰かを好きにならなくてはいけないような、そんな気がしたからだ。アイは未だミナへの感情を持て余していた。誰より大切なのはミナだったし、一緒にいたいのもミナだった。でも、他の女子生徒が話しているようなこと（キスやそれ以上のこと）をミナとしたいと思ったことはなかった（夢の中でさえ）。

内海義也は大人しい生徒だった。だからといってひとりでいるということはなく、クラスの中でも比較的温厚な男子生徒たちと共に行動していた。だから内海義也が進路希望表を白紙で提出したことは、ちょっとした驚きだった。そんなことはクラスでも目立つ生徒がするものだと、アイも思っていたのだ。

内海義也は担任に呼び出され、白紙で提出した理由を問われた。その答えもいつの間にか伝わり、彼はますます皆に注目されるようになった。

プロのミュージシャンになるから、と内海義也は言ったのだった。大学に行って片手間で音楽を楽しむのではなく、本気でプロになりたいから、自分には進学は不要だと。

当然、皆が驚愕《きょうがく》した。彼が音楽を、それもウッドベースをやっているなんて誰も知らなかったし（ウッドベースという楽器自体を理解しない生徒もいた）、そのウッドベースのためにに進学をあきらめると言うのだ、ましてやこんな進学校で。

教師はなんとか進学させようと説得した。でも、彼の意思は固かった。その上両親も賛成しているというのだから、翻意《ほんい》させる余地はなかった。

彼は学年で注目される人物になった。彼がやっているのはジャズで、実はすでにプロのミュージシャン（彼の叔父だ）とセッションをしたことがあるのだという。実の叔父とはいえ、プロはプロだ。彼ははっきりと才能を認められ、卒業後はジャズピアニストの叔父とアルトサックスのメンバー、そして彼というトリオで活動することになったのだった。

彼のことを眩しく思うようになった他の女子生徒と同じく、アイも彼を意識した。強く。18歳になったばかりの彼が、自分の未来をいとも鮮やかに決定したことが信じられなかった。素晴らしい才能を持っているとはいえ、進学校を出て音楽という定まらない世界に自ら身を投じる行為は、アイにとって驚異だった。

両親に話すとふたりは、特にダニエルはまだ見ぬ内海義也に喝采を送った。ジャズを愛していることもあるが（彼にとってセロニアス・モンクは永遠のヒーローだった）、ほとんどアイたちと同じ理由で彼を称賛した。その若さで人生を決定出来る強さに、音楽にかける情熱に。

「アイだって、好きな道を選んでいいんだよ。大学がすべてじゃない。」

ダニエルは優しかった。いつだってアイの気持ちを尊重してくれた。

ダニエルがアイを見るとき、アイはいつもあのコニーアイランドを思い出した。大きな体を折り曲げ、アイの目線になって、いつまでもアイの願いを待っているダニエルを。でも、あのときと同じように、自分の気持ちを尊重されることを、アイはもちろん望んでいなかった。アイは決められたかったのだから。はっきりしたジャッジに身をゆだね、数字に決定される理路整然とした世界にいたかったのだから。

「私は受験する。学歴は邪魔にならないもの。」

本当は怖かった。自分の人生を決定することが。選ぶことが。

アイは自身の偏差値で行くことが出来る最高の大学を目指した。はっきりと数字で断ち切られる偏差値というもの、すべての生徒を匿名にする成績というものに、アイは依存していた。

「内海君って知ってる?」

放課後、アイとミナは珍しく一緒に寄り道をしていた。学校の最寄り駅から二駅離れた駅はターミナルになっていて、たくさんの電車が乗り入れている。大きな繁華街があり、時々学校の教師が抜き打ちでパトロールしていた。

ミナとアイは繁華街とは逆方向にあるファーストフードのチェーン店に入り、ミナはコーラを、アイはアップルジュースを飲んだ。ファーストフードは両親が最も嫌っているものだったが、アイは、自分がこういった店にこっそり友達と来ていることを両親が喜ぶのは知っていた。高校生になってミナと知り合い、アイが急激にティーンエイジャーの女の子らしくなってゆくことに、両親はワクワクしているようだった。

「内海君って、ジャズの？」

「そう。知ってるんだ。」

「知ってるよ、有名じゃん。進学しないでプロになるんでしょ？」

文系クラスの、しかも他の生徒にそんなに興味を持たないミナのところまで噂は広がっているのだ。アイの胸がチクチクと疼《うず》いた。

「あ、アイと同じクラスだっけ？」

「そう。」

「ふーん、どんな子？」

自分から話を振ったのに、これ以上ミナと内海義也の話をするのが嫌だった。いや、嫌というのではない、なんだか苦しいのだった。

「どんなって……あんまり知らない。」

「話したことあるの？」

一度だけあった。

「左利き。」

生物のグループ実験で、記録係だったアイに、義也はそう言ったのだった。え、と聞き返したアイに、

「あれ？　あ、右手で書いてる？」

義也は不思議そうだった。アイは右利きだが、何かを書くとき、手首を内側にうんと曲げて書く癖があった。それが、左利きの人間が左手で書いているように見えるらしいのだ。

「あ、そう。私右利きなんだけど、書き方変だから。」

「変っていうか、うん、確かに左利きに見えるね。僕も左利きだから、書き方同じだと思っちゃった。」

「そっか。」

それだけだ。話したというより、言葉を交わしたと言った方が良かった。もっと話を、そう思っても、アイの口からは何も続きが出てこなかった。自分の右手を見ていたのだと思うと恥ずかしかったし、アイに話しかけるその声が、同級生の中でも特に低く落ち着いていたから。

「すごいよね、プロって！」

「うん、すごい。」

それから義也と言葉を交わすことはなかった。義也が有名人になってからは尚更だ。義也の姿を目で追ってしまうのはやめられなかったが、義也が少しでもこちらに目を向けそうになると、アイは視線を落とした。

「私なんて、ただダラダラと付属の大学行くだけだよ、夢なんて分かんない。」

話すのが苦しかったのに、もう義也の話をしなくなるのは寂しい。アイは自分の心を捕まえられずにいた。

「でも、いつかニューヨークに住むんでしょ?」

「住むったってさあ、本当にただ住みたいだけで、それからどうしたいとかなんも考えてないもん。」

「でも、それでも立派な夢だよ。」

「あんたやさしー！　私を甘やかさないでよ！」

ミナに頭をぐしゃぐしゃと撫でられ、アイは悲鳴を上げた。周囲の客がちらりとアイたちを見たが、すぐにそれぞれの世界に戻った。

例えば私の頭をこうやって内海義也にぐしゃぐしゃにされると、どんな想いがするだろう。義也は左利きだと言っていた。ウッドベースという未知の楽器をつまびくその左手で、私の頭をどんな風に触るのだろうか。そう考えると、体が熱くなった。

アイはちらりとミナを見た。ミナは誰かからメールが届いたのか、携帯を手にしている。何故か今の想像がミナを裏切っているような気がして、アイは目を伏せた。


ミナから彼女のセクシュアリティを聞いたのは、あと少しで年越しというときだった。受験勉強の息抜き、と称して、アイはミナとお昼ごはんを食べて、買い物をして、という、ありきたりな冬休みの1日を過ごしていた。

何がきっかけだったのか、ミナがアイに「女の子が好きだ」と告げたとき、アイは、あの軽井沢の夜のことを思い出していた。好きな男の子の話でもしたら、と言った母の言葉に、ミナが少しだけ悲しそうな顔をしたように思った、あの夜の自分を。

アイとミナはいつものファーストフード店にいた。

「自分でもびっくりしたけど、でも、そうなんだよね。」

ミナは映画の感想を話すように、淡々と事実をアイに伝えた。もしかしたら、淡々と話すように努めているのかもしれなかったが、とにかくアイはミナの告白をすべて受け止めようと思っていた。

「中学2年生のときに、はっきり気づいたの。自分の気持ちに。私は、女の子が好きだって。」

ミナは目を逸らすことはなかったし、自分を恥じているようにも見えなかった。ただ、まっすぐなその瞳が少しだけ揺れているのを見て、この告白に勇気を必要としたのだろうということは分かった。アイはミナを抱きしめたくなった。そうしなかったが、抱きしめるのと同じ強い気持ちで、ミナをじっと見つめた。

「そうなんだね。」

「初めて言ったよ。あ、でも、掲示板があって、そこでは同じセクシュアリティの子といろいろやり取りしてるんだけど、でも、そうだね、ストレートの友達に言ったのは初めて。」

自分は「ストレート」というのだ。アイは改めて自分を見つめなおしたような気持ちだった。

「アイが初めて。」

そして、ミナが自分の「初めて」をくれたことが嬉しかった。

「ミナ。」

「ん?」

「言ってくれてありがとう。」

中学生のときに、自分のセクシュアリティに、それも、他の子とは異なるそれに気づくというのは、どんな気持ちだろう。

高校に入学したときから、ミナは他の子とは違って見えた。大人びていたし、何か達観したような空気をまとっていた。仲良くなってから、そんなことはない、ミナは無邪気なティーンエイジャーだと分かったが、それでもやはりミナは他の子とは違った。それは、中学生という多感な時期に、自分の「特別」に気づいた人間だけが持つ空気なのかもしれなかった。

「あー、ほっとしたよ！　アイにはずっと言いたかった。でも、やっぱり、なんかさぁ。」

「言ってくれて嬉しいよ。すごく。」

「ありがと、アイ。本当にほっとした。アイのこと大好きだからさ、あ、これは、友達としての好きだからね。そんな友達に、親友に、隠し事するのが辛くって。」

親友。私たちは親友だ。アイは自分の手を握りしめた。わずかに汗をかいていた。

「この際言っちゃうけど、好きな人もいるんだ。」

「そうなの？」

「好きな人っていうか、つきあっている人がいる。」

「えー！！！！　そうなんだ！　どんな人？」

女子高生らしい時間が嬉しかった。私たちは今、初めて「好きな人」の話をしている。ミナの耳が赤くなっていた。自分の耳もそうなっているだろう。

「優しい、と、思う。面白いし。」

「と思うって？」

「恥ずかしいな。笑わない？」

「笑わないよ！」

「実はね、まだ会ったことないんだ。」

「え？」

その人とは、例の掲示板で出逢ったそうだ。お互いの投稿にコメントをしあううち、「ふたりだけでもっと話したくなった」。そして連絡先を交換し、お互いの情報を与えあって、

「つき合うことになったの。」

「つき合うって、でも、相手のことは知らないんでしょう？」

「知ってるよ。23歳で、ヘアメイクの修業をしてて、黒い服と黒い犬が好きで、鼻にピアスをしていて、朝ごはんを食べないんだ。写真だって送ってくれたよ。髪が短くて銀色にしてて、すごく素敵。」

「でも、」

アイは口をつぐんだ。

でも、それは嘘かもしれないではないか。

本当は、そう言いたかった。23歳ではなくて、ヘアメイクの修業なんてしていなくて、黒い服も黒い犬も嫌いで、ピアスなんてひとつもしていない、誰かの写真を勝手に使って、ミナをからかっているだけの、いや、もしかしたら、ミナをなんらかの悪事に利用しようとしているだけの悪党かもしれないではないか。

「写真、ミナも送ったの？」

「送った。私の長い髪が好きだって。」

そう言うミナを見て、アイははっとした。ミナの瞳が濡れていた。きっと泣いているわけではなかった。何かに苦しんでいるのでも、悲しんでいるのでもなく、感激しているのでも、喜んでいるのでもなく、ただその人を思うと瞳が濡れるのだ。

ミナは恋をしている。

アイは思った。相手が不在かもしれなくても、それでもミナは「その人」に恋をしているのだ。

「ばかみたいでしょ？　分かってるんだ。でも好き。」

ミナは聡明な子だ。それはアイが一番知っていた。

アイが思ったようなことは、ミナも絶対に思ったはずだ。嘘かもしれない、からかわれているかもしれない。送った写真を悪用されるかもしれない。でも、そんな危険を顧みず、ミナは果敢に恋に飛び込んだのだ。

「ばかじゃないよ、全然。」

「そう?」

「うん、ミナはすごいよ、恰好いいよ。」

ミナは本当に恰好良かった。中学生で自身のセクシュアリティを知り、それが他の人間と違うものであることを突きつけられ、受け入れて、ミナは生きてきたのだ。そしてそれを恥じることも大げさに騒ぎ立てることもなく、こうやって自分に話してくれている。

「ありがとう。だからアイのこと好きなんだ、私。」

「え?」

ミナの言葉は、思いがけなかった。

「アイはいつも、私のことをジャッジしない。私がどんな人間か、アイの目でしっかり見て認めてくれるから、好き。」

思わず目を伏せた。恥ずかしかったからだし、ミナの目があまりにまっすぐだったからだ。

「あ、何回も言うけど、そういう意味の好きじゃないからね！　まじ！　あんたは親友。ケイにもよく話すんだ、あんたのこと。」

「ケイ？」

「あ、その人、のこと。」

彼氏とは言わないのだな、アイは思った。ミナの世界にはミナの世界のルールがある、アイはすでに、不用意な言葉でミナを傷つけないように注意を払っていた。

「ケイさんっていうんだ。」

「そう。アイのこと話したら、ケイも会いたいって言ってた、アイに。」

「どこに住んでるの？」

「ニューヨーク。」

だからミナはニューヨークに行きたがったのだ。アイと一緒にニューヨークに行きたい、のではなく、ミナはただケイに会いたいのだ。アイはそのとき初めて寂しさを感じた。ミナがセクシュアリティを受け入れ、そして恋をしていること、それを親友として応援出来るのはこの上ない喜びだったが、ミナの日常の中に自分がいない瞬間があることが寂しかった。

「本当に楽しい街なんだってね。アイがブルックリンハイツ、だっけ？　に住んでたんだよって言ったら、お金持ちだ、って驚いてた。」

ケイに自分のことを話してほしくなかった。しかも、「お金持ち」だと思われるようなことを。でもそれは言えなかった。ミナからは、あまりに甘やかな気配が溢れていた。自分が入る隙もない、完璧に甘やかな気配が。

でも、あの声は聞こえなかった。

「この世界にアイは存在しません。」

いつもアイのそばにある、あの言葉は。そのときアイは気づいた。

ミナのそばにいるときは、あの声を聞いたことがない。

はっとした。ひとりのときはもちろん、誰と一緒にいたって、例えば両親と一緒にいたって、あの声は聞こえた。自分と共にありすぎて、ほとんど自分の一部になっているあの声は、でも、ミナといるときはまったく聞こえてこないのだった。

アイは改めてミナを見た。ミナははっきり恋にうつつを抜かしていたが、それでもアイの親友だった。親友として、自分の恋をアイと分かち合おうとしてくれた。ミナがいると、自分がここにいることを、何の疑いもなく思うことが出来た。アイはミナを、改めて抱きしめたくなった。そうすることは出来なかったが、想いをこめてミナを見た。

「なに？」

「ううん。なんでもない。」

「何よそれ、なんか恥ずかしい。でも、」

「でも？」

「アイがいてくれて良かった。」

2

アイは翌2007年、国立大学の理工学部数学科に合格した。

卒業式、アイは泣かなかった。ミナも泣いていなかった。ほとんどが付属の大学に進むこの高校では、卒業式は別れの儀式ではなく、文化祭や体育祭のような祭の一環だった。アイと同じく他大学に進む者もいたが、同じ東京にいることには変わりがないのだ。

だが、内海義也だけは違った。活動するのはほとんど東京ということだったが、彼はミュージシャンになる。アメリカの大学に行く生徒がいようが、イギリスの大学に行く生徒がいようが、内海義也のもたらす衝撃にはかなわなかった。彼がいるためだけに、今年はイレギュラーな卒業式になった。生徒たちは興奮を隠せなかったし、彼の周りには、写真をせがむ生徒たちが男女問わず群れをなした。

アイはそれを、遠巻きに見ていた。クラスメイトやミナとは、散々写真を撮りあっていた。もうほとんど義也との写真を収めることを待っているだけのような携帯電話を握りしめて、アイは動けずにいた。「一緒に写真を撮って」、その一言がどうしても言えなかった。義也が自分に気づいて、向こうからこちらに来てくれることを夢想したが、そんなことがあるはずもなかった。

「この世界にアイは存在しません。」

義也とは、生物の時間のあの瞬間しか話すことはなかったし、目が合うことすらなかった。結局、ミナにうながされて帰るまで、アイは義也の方を見なかった。それから街で、そして大学で、いるはずもない義也の姿を捜すことになった。ネットを検索し、行く勇気のないライブの情報を集めた。画面の中の義也は、自分の決めた未来を鮮やかに、着実に歩んでいた。

大学には様々な学生がいた。高校生のときには考えられなかったほど、多種多様な人間が。

アイはその中でも容姿において異質だった。

皆アイのことを留学生だと思ったようだった。学内にはアイのように日本人とは違う容姿をした学生や、容姿はほとんど同じでも仕草や話し方でそれと分かる学生がたくさんいたからだ。だがしばらくして、アイがアメリカ国籍を持っているが日本人として暮らし、

（アイにとってはこれが大事なことだったが）正当な審査を通ってこの大学に入学したのだということが知られるようになった。いつもと同じだ。

　でもアイは、自分の存在が、中学や高校のときよりも淡くなっていることに気づいた。異質であることには違いがなかったが、その異質さの輪郭が柔らかくなっているような、そんな気がしたのだ。

　その原因は広さにあった。大学は広大だった。その中に、たくさんの、本当にたくさんの人間がひしめいていた。前述したような留学生もいたし、ほとんど老人といえるような社会人聴講生もいたし、全身ゴシックロリータで決めている学生や何故かスーツで登校する者、顔中にピアスをしている学生もいた。

　つまりとても、カラフルだった。

　このカラフルさは、アイがかつて経験したものだ。ニューヨーク、ブルックリンにあるプライマリースクールで。だがあのときに感じた息苦しさのようなもの、孤独を、アイはほとんど感じずに済んだ。いや、感じていないフリが出来るようになった。

　もしかしたら、これが大人になるということなのかもしれない。アイは思った。アイはまだ18歳だったが、それでも10年前の自分、8歳のときの自分を懐かしく思った。自分の意思を持つこと、自分の個性を持つことを強制されているように感じ、それに怯え、社会から隠れようとしていたあのときの自分を、アイは今、思い切り抱きしめてやりたいような気持ちになった。

もちろん、今ここでだって、自分の意思を持つこと、そして個性を持つことを求められていることは分かっていた。しかもアイの学科はやはり男子学生ばかりで、50人ほどいる学生のうち、女子はアイを含め3人だけなのだった。いやがうえにも目立つこの環境で、アイの個性は際立った。

でもアイは、うまくやれるようになっていた。日本に来て数年で培ったのは学力だけではなく、ある程度の社交であったり、自分が思っていること（または思ってもいないこと）をなめらかに伝える技術であったり、そして現実から目を背ける力だった。意見を求められ、真剣に考え、分からず、泣き出していた過去の自分、あの小さな女の子は、もうここにはいないのだ。

アンジェリーナ・ジョリーとブラッド・ピットが3人目の養子パックス・ティエンを迎えたと知ったときも、かつてのような切実さでパックスに問いはしなかった。自分の環境をどう思うかと問う前に、彼のことを心から良かったと思えた。アイは両親の性交への恐怖をもちろん克服していたし、シリアのことをほとんど努力しないで忘れていられた。

アイはかすかに生まれ変わったような気持ちだった。大きな変化ではなかったが、劇的だった。水の中にいた生物が陸に上がり、そして上手に肺呼吸が出来るようになった、そんな気分だった。

だが一方で、ごく一般のハイティーンが持つ自意識はいや増していた。アイはとにかく、自分の容姿を恥ずかしく思った。

アイはいよいよふくよかになっていた。受験勉強中、深夜にいろいろなものを食べたのがいけなかった。胸はメロンのように膨れ、手の甲にはえくぼが出来、腰回りは痩せた女子学生の二倍ほどになった。元々豊かだった髪は黒々と光ってうねり、顎には大きなニキビが出来た。

コンプレックスは日ごとに増し、そう思うのと比例するように体重も増えた。だからアイは黒いシャツ、黒いパンツを好んだ。少しでも自分を細く見せたかったからだし、なるべく目立ちたくなかったからだ。

「若いんだし、もっと華やかな服を着たら？」

綾子は珍しく、アイのやることに苦言を呈した。

「あなた顔立ちが華やかなんだから、明るい色がきっと似合うわよ。」

それならいっそ、すべての洋服を毎日決めてほしかった。全身、綾子のいいと思う服を着て、自分は何も決定せずにいたかった。でももちろん、そんなことは言えなかった。

「そうね。」

そんな風に返事をして、アイは毎日黒い服を手に取った。いつしかその服は、アイにとっての喪服になった。


4月25日、エチオピア、ソマリ州で中国系石油関連会社「中国石油化工」の油田開発現場が武装集団に襲われ、従業員が74人死亡した。ムハンマド・オマル・オスマンを指導者とするオガデン民族解放戦線によるテロだった。

アイのノートはボロボロになっていた。無機質な大学ノートを、アイは持ち歩くようになった。数えきれない死者を記録したそのノートを入れているのも、やはり黒いバッグだった。

黒はアイの気持ちを落ち着かせた。すっかり肥え太り、幼い頃に見た「ほしいものを手にすることが出来ない子どもたち」からあまりにも遠く離れた自分を、アイは恥じていた。その羞恥心はコンプレックスよりも強かったし、強いと思いたかった。自分は魅力的な容姿に憧れているから太ることを恥じているのではなく、飢え死んでゆく子どもたちがいる中、過剰なカロリーを摂取出来ている環境を恥じているのだと、そう思いたかった。

うまくやれるようになって、「あの子どもたち」のことを思い出す回数も徐々に減っていた。トイレで甘いリップクリームを塗るとき、購買で買ったサンドイッチを床に落としてしまったときなどに、ふと「あの子どもたち」は現れた。だが、それ以外の時間彼らに対峙することが、アイにはほとんどなくなっていた。

　アイは義務のように、ノートに死者を書き続けた。ノートを持ち歩くようになったのも、死者を忘れたくなかったからだ。つまり、「忘れたくない」と思わなければいけないほど、アイの日常は遠く離れた出来事よりも強固になっているということだった。言語を同じくしない、知らない誰かの苦しみよりも、今現在自分が肥え太り続けていることの方が苦しかったし、文化を同じくしない、知らない誰かの死よりも、今現在自分が抱えている悩みの方が切実だった。

　アイの少女期は終わりを告げたのだ。

　アイは引き裂かれていた。自分の呪っていた枷《かせ》の、その強靭《きょうじん》だった力が縮小してゆくことを心強く思う半面、そうやって解き放たれてゆく自分をひどく嫌悪する。こんなに引き裂かれた思いを抱えながら、それでも日々表面上健やかに過ごしている自分に、アイは驚嘆していた。思いは胸の奥にはっきりとあり、確実にアイを蝕《むしば》んでいるはずなのに、「大人」になった自分は、それをなかったことに出来、同時になかったことに出来る自分を恥じているのだ。

11月11日、ベンガル湾で発生し、数日後バングラデシュ南部のパタルガタ付近に上陸したサイクロン・シドルが、4234人の死者と行方不明者を出した。

12月31日、ケニアで行われた大統領選挙の結果に不満を持つ勢力による暴動が発生し、結果1000人以上が死亡した。

アイは痩せることが出来ないまま2年生になった。引き裂かれた心は誰にも気づかれることなく、その間にも世界中の死者は増え続けた。

「この世界にアイは存在しません。」


勉強は楽しかった。

高校生のときに魅せられた数学は、大学生になってさらにアイを惹きつけた。

数学科は工学科などと違って、知識を何かに役立てるために数学を利用するのではなく、数学という学問の追究そのものを目的としていた。時間的な拘束がなく、実験などもないため、学生はおのおので数式（といっても、数字なんてほとんど出てこなかったが）に没頭し、つまり「外部」との接触が極端に少なかった。

アイが「個性」を苦しく思わずにいられたのは、自身の努力ももちろんあったが、この環境によるところも大きかった。皆がそれぞれの世界に没頭し、なかなか他のものに注意を払わないこの環境に。

クラスメイトはおのおのの理由でこの学科に来ていたが、中学生や高校生のときに出逢った定理に惹かれ、それに没頭するうちに自然にこの学科を目指すことになったという学生が多かった。

中学生のときに三平方の定理の美しさに魅せられた奥田《おくだ》という学生は、だがその美しさを友人の誰とも分かち合えなかった。運動部に入り、比較的社交的だった彼だったが、自分の好きなものを誰とも共有出来ないことは寂しく、そこからどんどん内向していったのだという。誰にも分かってもらえない世界に、自分ただひとりで立ち向かってきた、奥田のような学生は他にも多かった（アイも実際そうだったと言っていい）。

やっと世界を分かち合える仲間達と会ったのだから、肩を抱き合い、歓喜しても良さそうなものだが、その頃には、彼らは同世代の若者にあるはずのあらゆるものに対する欲望というものをどこかに置いてきてしまっていた（あるいはそれは欲望の大きな偏りかもしれなかったが）。アイのような理由ではなかっただろうが、ほとんどの学生が「着飾る」ということに興味がないように見えたし、服装にかまわない結果として、かえって目の覚めるような黄緑やオレンジの、派手な服を平気で着ている学生もいた。

僧侶。

アイが思ったのはそれだった。皆、僧侶のように見えた。それも、煩悩と闘う必要のない僧侶だ。痩せている学生も多かった。彼らはつまり、食べることに対しての興味もないのだった。そんな中でアイは明らかに太りすぎていたが、学科内においてだけはそんな自分を揶揄《やゆ》する学生はいないと信じていられた。例えば前に出て黒板に数式を書いているとき、皆が見ているのはアイの巨大な尻ではなく、ただ純粋に数式の美しさだったし、ラウンジで教授に教えを請うているとき、皆が見ているのはアイの太い指ではなく、やはり純粋に定理の不思議なのだった。

教授も変わった人間が多かった。笹谷《ささや》という解析学の教授はいつも何事か呟きながら廊下を歩いていたし、峠《とうげ》という群論の教授は自身の机を持たず、座ることを嫌った。いつも壁や窓に紙を押しつけ、立ったまま数式を書いていた。誰もアイの出自やアイ自身に興味を持たなかった。

学科内にいる限り、アイは限りなく匿名だったし、のっぺらぼうでいられた。アイもいつしか彼らと同じように欲望を滅し（甘いものに対する欲望をおさえることは出来なかったが）、勉強に没頭した。リーマン球面の概念に心を震わせ、留数定理の強さに惹かれ、解析接続の難解さにうなった。

世界は相変わらず残酷で、苦しみや死が絶えなかった。だが、数学に没頭しているときだけは、そのことをはっきりと忘れていられたし、「忘れないでおこう」というあの罪悪感も持たずに済んだ。数学はあまりに強固な力を持っていた。定理を導き出す道程は、他の誰も、自身の気持ちでさえも入りこむ余地がなかった。暗闇の中、手探りで答えを求めるとき、アイはほとんど暗闇と同化していたし、自我を見失った。

そして何より、数学の世界は美しかった。意味を必要としない場所で、ただその美しさだけが燦然《さんぜん》と輝いている、そんな世界をアイは他に知らなかった。数学はいつまでたってもアイにとって未知の世界であり、言語や習慣や他の何をも必要としない開かれた世界だった。外の世界とのつながりを完璧に絶ちながら開かれている、その不思議さはアイの心をとらえて離さなかった。

2年生の終わりになると、アイは再びｉに出逢った。ｉ×ｉ＝-1、というあの不可思議な数だ。ｉが英語でimaginary number、「想像上の数」ということも、大学に入ってから知った。想像上の数、なんて魅力的で不思議な響きだろう。

それでも高校生のときに感じたあの密《ひそ》やかな安堵と絶対的な絶望は、まだヴィヴィッドにアイの心の中にあった。

「この世界にアイは存在しません。」

ほっとする、そして寂しい。

学科の建物を出た瞬間、それはあらゆる場所で蘇った。学校の門をくぐるとき、学食で食券を買うとき、笑い合う他学生たちとすれ違うとき。

他学部の女子学生は、まるで別世界にいるようだった。

ありとあらゆる化粧を施した女子学生がありとあらゆるサークルに入り、まさに学生生活を謳歌していた。その美しさをアイはうらやむことも出来なかったし、容赦のない男子学生からのジャッジも見ないふりをした。数学科という檻《おり》によってアイは守られているようなものだった。iが想像上の数というのなら、自分のことを想像する誰かがいない場合、自分はこの世界に存在しないことになるのだろうか。アイはますます内向し、内向した世界は日々豊饒《ほうじょう》になった。


大学生になってからも、家族とミナとの軽井沢旅行は続いた。

ある年の夏、ミナは長かった髪をばっさり切って現れ、アイたち家族を驚かせた。

「さっぱりしたくて。」

顎のラインで切りそろえられた髪は、相変わらず美しかったが、あらわになったうなじや顎のラインは、ミナを別人のように見せていた。

「ミナ！　すごく変わったね！　似合うよ！」

ミナは嬉しそうに笑った。笑った口元に矯正器具が見えた。

「歯の矯正もしてるんだ。裏側だから、あんまり目立たないでしょ？」

ミナの変化はとにかく目を見張るものだった。元々細かった体には筋肉の筋がつき、肌は健康的に焼けていた。ホワイトニングもしているという歯は真珠のように輝き、ローライズのジーンズから覗く足の爪には、すべて綺麗なペディキュアが施されていた。

「最近、サーフィンにはまってて。」

「サーフィン！　いいねぇ！」

綾子もダニエルもミナの劇的な変化を絶賛した。ダニエルも若い頃、西海岸でサーフィンをしたことがあるらしかった。ミナがショートボードを乗りこなしていると知って、目を見開いて驚嘆した。

「すごいね、本当に！」

「1年前までは綺麗な女の子って感じだったけど、今はクールなレディって感じよ！」

ミナは綾子とダニエルに褒められて、とても嬉しそうだった。ミナが、自分の親よりこのふたりの方が好きだと言っていたのはいつの軽井沢だっただろうか。

「本当の両親だったら良かったのに！」

そう無邪気に言ったミナと、今のミナはまるで別人のようだ。そんな劇的な変化の中、ミナの髪のにおいが以前と違っていることに気づいたのはアイだけだった。

「シャンプー変えた？」

「さっすが！　そんなとこ気づくなんて！」

ミナは目を丸くした。

ミナへの両親からの干渉は、ずっと続いているようだった。長期休みのアルバイトは実家のこんぶ屋以外は認められていなかったし、見合いの話は深刻度を増していた。成人になったばかりのミナに、母親は20通を超える「見合い写真」を持ってきたというのだ。

「信じられる？」

ミナの兄は家を出ていた。血の繋がりから逃れ、自由に自分の人生を歩んでいる兄を、ミナは羨んでいた。

「それはもちろん、お兄ちゃんだって思うところはたくさんあると思うよ。だって自分が連れ子で、それで新しい父親は自分と血が繋がった人間しか店を継がせないと言ってる。店を継ぐ気なんてさらさらなくたって、その待遇は嫌よね。家族じゃないって言われてるみたいで。でも、その分自由じゃん。」

ミナは自由、というところに力をこめた。

「好きな人と恋愛して、子どもなんて作ろうが作るまいが関係なくて、何の枷もなく自分の人生を生きられる。今の私に自分の人生なんてない。自分だけじゃなく、子どもの人生まで決められるなんて！」

自分のセクシュアリティを親に伝えたのか、アイは聞かなかった。家族の血を絶やさないために子どもを産めと言う人に、伝えているわけがないと思ったからだ。

「結婚は好きな人としたいっていうことは言ったの？」

「言わないよ！　絶対にいろいろ詮索されるもん、ヘタしたら探偵に尾行とかさせるかも。やりかねないよ、あの人たちは。」

あの恋人とミナは、ミナが大学に入った直後に別れていた（つき合っていたと言っていいのであれば）。ミナが大胆なイメージチェンジをはかったのは、その恋人との決別と、新しい恋人との出逢いによるものだった。

「バタフライの選手だったんだって。筋肉がすごいの。」

サーフィンはもちろん、その恋人に教わったのだという。4歳上のトラック運転手とミナは、今度はインターネットではなく、バーで知り合った。ミナと同じセクシュアリティを持つ人たちが集まるバーで。

「アイは？　好きな人出来た？」

相変わらず好きな人も恋人も出来ていなかった。だが、自分のセクシュアリティが同性愛ではないことにははっきり気づいていた。ミナの告白を聞いてから、アイはLGBTのことについて勉強した。ミナのことを知るためだったが、自動的に自分のことについても知ることになった。自分はLGBTのどこにも属していない。

あれは思春期の淡い惑いだったのだ。生まれて初めて出来た親友を大事に思う気持ちを恋と勘違いする、若者特有の美しさだったのだ。ほんの数年前なのに、アイは過去の自分が眩しかった。

「なんにもないよ。」

「えー、相変わらず勉強ばっかやってんの?」

こんな風に言っても、ミナがアイを馬鹿にしていないことは分かっていた。でも、自分が本当に「勉強しかやっていない」ことは、きっと社会的には揶揄されるようなことなのだろうと分かってもいた。

「バイトもしてないんだ?」

実際そうだった。アイはずっと実家、それも裕福な実家暮らしで、短期のアルバイトすらしていないのだった。だが、学科にはそういう学生が多かったし、他の学生がアルバイトをしているかどうかなどに興味のない者ばかりだった。学科はアイの環境を完全に肯定していた。いや、認識すらしていなかったが、少なくとも否定はしていなかった。誰もアイの内向を止めず、アイの肥満を止めなかった。定理の美しさ、それがあれば良かった。

「アイもサーフィンしようよ！　すごく気持ちいいよ！」

そう言われても、この体でどうやって波に乗ると言うのか。優しいミナのことだ、遠回しに「痩せろ」と言ってくれているのは分かるのだが、自分のこの体で海に行くことなど考えられなかった。

「難しいんでしょ？」

「最初はね。でも、一度波に乗れたら、気持ち良すぎて何もかも忘れるよ！」

それはきっと、本当にそうなのだろう。

黒い服と黒い犬が好きな女性に恋をしていたときより、今のミナはうんと健康的で、うんと輝いていた。まるで体の内側から、自ら発光しているようだった。あるいは同世代の女の子たちは、みんなこうなのかもしれない。学校ですれ違う女子学生たちも、皆眩しいほどに輝いているのだから。アイは改めて自分の容姿を恥じた。環境に甘えてまったく努力をしていない自分は、「女子大生」というレーベルから完全に、完璧に弾かれているのだろう。

「私ね、この軽井沢での休暇が終わったら、ロスアンゼルスに旅行に行くつもりなの。」

「ニューヨークじゃないの?」

「ニューヨークもいつか行きたいよ、行きたいんだけど、」

ミナはアイに気を遣っているのか、声を大きくした。

「今はサーフィンにとにかく夢中なんだ、バイトのお金も貯まったし、ちょっと長めに行ってこようかと思って。」

「恋人と行くの?」

「ううん、ひとりで。」

アイは本格的にミナのことを眩しく思った。血縁に縛られていると言っても、ミナは自由だ。ひとりで好きなところへ行き、美しい体を持ち、体内に光を孕《はら》んでいる。それに比べて自分はいつも黒い服を身に着け、その色と同じような内面を抱えたまま、世界との繋がりを絶っている。

「すごいね、ミナ。」

心の底から言ったことだった。ミナはそれを喜んでくれた。

「私、そのまま住んじゃったりして。」

それは実際その通りになった。翌年ミナはロスアンゼルスに留学することになり、軽井沢の旅行は結果的にこれが最後になったのだった。

ミナが日本にいない間、アメリカで史上初のアフリカ系大統領が誕生した。イスラエル軍がガザ地区に侵攻し、北朝鮮は弾道ミサイルを発射した。アイのバッグには相変わらず死者の数を記したノートが入っていて、アイの体重は74キロになっていた。

2010年1月13日、ハイチでマグニチュード7.0の大規模な地震が起こった。アイはもちろん、アニータを忘れないでいた。カタリナを、レジーナを、フローレンスを。だからニュースを聞いて真っ先に浮かんだのは、彼女らのことだった。子どものように見えたアニータだったが、新しく出来た子も、もう10歳を超えているはずだ。あのときまだこの世界にいなかった子が！

カタリナは23歳になるはずだ。レジーナは自分と同じ22歳に、そしてフローレンスは21歳に。アイは彼女らの年齢を馬鹿みたいに確認した。その年齢は平等で確固たるもののはずなのに、アイの中で、彼女らはいつまでも子どもの姿であり続けた。そしてそれは、子どもであった彼女らの姿しか記憶にないからではなかった。

社会の犠牲になった多くの子どもたちのように、彼女らはアイの中でいつまでも成長しなかった。あるいは3人とも今、信じられないほどに恵まれた環境にあるのかもしれなかったが（そしてそうであることを心から願ったが）、それでも子どもの姿のままアイの脳裏に浮かぶうちは、アイは彼女らに対する罪悪感を拭い去ることは出来なかった。自分の服をもらってもらった彼女たちの小さな体は、アイの記憶から決して消えなかった。つまり彼女らはいつまでも「社会の犠牲者」側に立っている人間なのだった。

両親も心を痛めていた。綾子にアニータのことを聞くと、「彼女らはニューヨークにいるはずよ」、そう言った。アイに答えたのではなく、自身を納得させるような言い方だった。ドキリとした。

「アニータに連絡してないの？」

綾子が9・11のとき、アニータと連絡を取ったことを、アイは覚えていた。あのとき綾子は、アニータにも、パウウソティアにも連絡を取り、彼らの安否を確認したのだ。

「……あれからもう随分経ったし、連絡を取り合っていたわけではないの。連絡先が変わったのかもしれない。」

アイの心臓が嫌な音を立てた。かつて雇っていたハウスシッターと連絡を取り合っている人間の方が少ないはずだったが、綾子の暗い表情には、言葉以上の重さがあった。

アニータの連絡先を誰も知らないのであれば、彼女らの安否は永遠に分からない。連絡が取れないということは、ニューヨークにいるのではなく、ハイチにいる可能性があるのではないか。そしてそもそも、綾子はどうしてアニータと連絡を絶ったのか。

流れてくるハイチの映像は、惨憺《さんたん》たるものだった。長年の政情不安のため、災害に対して備えが出来ていなかった首都のポルトープランスでは多くの建物が崩壊し、壊滅的な被害となった。国会議事堂を含むほとんどの建物は無残ながれきになり、路上には身元の分からない死体が放置され、いたるところで略奪行為が相次いだ。

アイはハイチの映像を何度も何度も見た。アニータに、そしてカタリナに似た人はいないか、必死で捜した。画面に小柄な女性が映ると、それがアニータではないかと思い、心臓が大きく動いた。そこにいたとしても姿が変わっているはずなのに、それでもアイは彼女たちを一目見たら絶対に分かると思っていた。そしてのちに、そんな考え自体が愚かで傲慢であるということに気づくのだった。

時々自分が、無意識に菓子を手にしながら画面を見ていることにはっとした。そのときだけは吐きだしそうになった。深夜、静まり返った部屋で見るパソコンの映像は青くアイの顔を照らし、アイをこのうえなく不安な気持ちにさせたが、それでも菓子は甘く、魅力的だった。菓子が甘いことが、魅力的なことが恥ずかしかった。

学校に行くと、学生たちがハイチ地震のための募金をしていた。

手作りの箱を持って、声をはり上げる学生たちの皮膚はつやつやと輝き、爪のひとつひとつに至るまで美しかった。アイは彼女らに近づくことすら出来なかった。アルバイトもせず、親からもらった財布に親からもらった金をつめて歩いている自分、甘くて夢のように美味しい食べ物で肥え太っている自分を、誰にも見てほしくなかった。たとえ彼女たちが自分と同じような生活をしていたとしてもだ。

学科の中は静かだった。

そこには数学の絶対的な静謐さがあった。何もそれを侵すことは出来なかった。学科内にも、世間話をする友人は何人か出来ていたが、彼らとハイチの地震について話すことはなかった。意識して話さないでいるということもなかった。

アイはここにいるとほっとした。自身のこと、自身の求める数式のことだけを考えることが出来た。社会に背を向け、社会の動向に心を染めないでいることが、社会に対する罪悪なのだと思わないで済む唯一の場所だった。そしてやはり、数学の美しさは、自身の醜さを、そして世界のいびつさを忘れさせてくれた。数式はただ数式として、定理はただ定理として、孤高に輝いていた。

アイはだから、やってくる卒業を恐れ、院に進むことを決めていた。数学の優しさに助けられたかったからだし、社会に出るのを恐れてのことだった。社会に出たら、こんな風ではいられないだろう。机に座って、社会の音色を遮断して、ただただ美しい世界にだけ没頭出来るこんな時間は、社会では許されないだろう。

両親はアイをとことんまで甘やかすつもりのようだった。「まだ何をやりたいのか分からないが、院に行きたい」という漫然としたアイの想いを、あっさり受け入れた。やりたいことが見つからないのであれば、見つかるまで待てばいいと、そんなことまで言った。アイはおかど違いに、両親のことを「甘すぎる」とすら思ったが、潤沢な資金、立派な家に、結局とことんまで依存した。両親がアイを心配していないはずもなかったが、はち切れそうな肌を持ち、性交を知らないアイは、少女のように見えた。社会に出ることなんて考えられない、無垢な少女のように。アイは社会から急速に遠ざかり、世界から隠れた。

アイが4年生になると同時に、ダニエルが会社をやめた。

ダニエルはもう60を目前に控えていた。以前から早期退職を希望していたし、早々に悠々自適な老後を送るのだと宣言していたのだったが、それでも仕事が好きな人だった。あるいは自分が独り立ちするまではと思っているのではないかとアイは苦しかったが、自分にとって都合の悪いことから目を逸らすことに、アイはどんどん長《た》けていった。家はあたたかかった。

ダニエルが会社をやめたきっかけは、やはり、ハイチの地震だった。

これまでも世界で悲劇が起こるたび、多額の寄付金を投じてきたダニエルだったが、年を重ね、いよいよそれだけでは飽き足らなくなった。会社をやめ、知り合いの人道支援団体に所属して活動するのだと、ある日宣言した。綾子はもちろん反対しなかった。

昔からそうだったが、こうと決めたときのダニエルは、驚くほどパワフルになった。自身の「ワイルド」姓を体現するかのように、ダニエルは精力的に動き、結果的に会社に勤めていたときよりも忙しい老後になりそうだった。

「悠々自適なんて、もう望まないよ。」

皺が深く刻まれ、髪もほとんど白くなっていたが、ジムで鍛え、誰かのために動く父は、若々しい青年のように見えた。ダニエルを見ていると年齢は数字に過ぎないことを、改めて思い知らされた。つまり22歳のアイは、22歳だから若いわけではなかった。22歳なりの若さを手放し、少なくともダニエルよりも疲れていて、なのに誰よりも幼いのだった。


「アニータのことなんだけど。」

綾子がアイにそう切り出したのは、ダニエルがハイチに飛んだ翌日のことだった。

来た、とアイは思った。アニータと連絡を取っていないと言った綾子の表情を、アイは忘れていなかった。パウウソティアと連絡を取っていないという以上に意味があることに、つまりアニータに対する何かの想いがあることに、アイは気づいていた。気づいていて、それで知りたくなかった。きっと、素敵な話ではないからだ。

「パパ、ハイチのことにすごく熱心でしょう?」

綾子はカップにコーヒーを淹《い》れていた。赤いカップはアイのもの、緑色のカップはダニエルのものだった。綾子用の白いカップもあるのに、ダニエルがいないとき、綾子はいつもダニエルのものを使った。初老を迎えた両親が未だに愛し合っていることに、アイはいつもくすぐったいような、眩しい気持ちにさせられた。

「きっとパパがあんなにハイチのことに熱心なのは、アニータのことがあるからだと思うの。」

自分以外にアニータを強く胸に留めている人間はいないと、勝手に思っていた。特にダニエルのような人間は、関わった誰かを健やかに忘れ、前だけを向いて生きているものだと思っていた。まるでパーティーでの彼の鮮やかな振る舞いのように。

「アニータが急に来なくなったときのこと、アイは覚えてる?」

綾子は珍しく、アイと同じような黒い服を着ていた。でも母がそれを着ると、それは喪服などではなく、ただの美しい服にしか見えなかった。

「やめちゃったときのこと?」

「そう。」

「その後に、パウウソティアが来たよね。」

「そうよ、よく覚えているわね! すごいわ、アイ!」

小学生のときのことだ。覚えていないはずもなかったが、綾子の中で小学生のアイはうんと小さな子どもなのだろう。子どもを子ども扱いしないことを信条としていた綾子でも、歳月の重さには抗《あらが》えないのだ。何より、どんなにシリアスな状況のときでも、自分の感嘆に素直に従うことの出来る綾子を、アイはほほえましいと思った。

ほほえましい、だなんて、まるっきり子どもに対して思う考えだ、アイは新しい人を見るような気持ちで、綾子を見つめた。

「あのときね、アニータはやめたいって言ったんじゃないの。」

「妊娠したから、やめると言ったのじゃなかったの？」

「妊娠しても仕事は出来るって、アニータは出産ぎりぎりまで働きたがったの。でも、パパが。」

それ以上続けるのが辛そうだった。はっきり予想していたことなのに、やはりこの会話が素敵な方向に向かわないことに、アイはもう苦しんでいた。

「……心配だったの？」

「いいえ、違うわ。事実上の解雇よ。」

アイは口をつぐんだ。アニータの、カタリナの、レジーナの、フローレンスの顔が浮かんだ。きちんと、順番通りに。そして最後に思い出すのは、子どものように小さなアニータの、まるく膨らんだお腹だった。

「お金をね、」

綾子はアイの顔を見て、それ以上は言うのをやめた。「盗んだ」という言葉を、きっと使いたくないのだ。

「子どもも増えるし、どうしても必要だったんだって。」

あんなに小さな体で、アニータは4人の子どもを産んだのだ。彼女は実際何歳だったのだろう。今知ったら信じられないような事実が、きっとたくさんあるはずだ。アイは耳をふさぎたかった。

「お給料は十分すぎるくらい渡していたつもりよ。それは信じて。」

うなずいた。そうするしかなかったからだ。

「ママはね、アニータのことが好きだったし、一度の過ちだったら許してあげましょうって、パパに言ったの。」

「そうしたら?」

「そうしたら、それはだめだって。これを許したら、ちゃんと仕事をして、罪に手を染めないで真面目に生きている人たちに対して失礼になるからって。」

聞く前は、父はなんて言ったのだろうと思っていた。でも、こうやって綾子の口からそれを聞くと、ダニエルがそう言うことは分かっていたような気がした。

正義の人。強い人。父が何かのことで思い悩んでいる姿を、アイはほとんど思い出すことが出来なかった。あるときを除いて。ダニエルが涙を流したのを見たのは、今までの人生でそのときだけだった。涙するダニエルを、アイは見たくなかったし、涙した理由を知りたくなかった。それは今もそうだった。

「辛くてね、ママ。本当に辛かった。でも彼は、若かったから。」

若かった、という以外に言うべきことがあるような気がした。でもアイには適切な言葉が浮かばなかった。

「パパは、アニータのこと気にしてたの、ずっと。年を取って、そうね、数年前よ。アニータのことを本当に悔いているって、彼が初めて言ったの。苦しそうだった。僕は罪そのものを見ていた。アニータがやったことではなく、罪そのものを見て、それで許さないって思っていた。でも、アニータがどうして罪を犯したのか、罪を犯さざるを得なかったのか、それを考えてあげることが出来なかったって。」

「罪そのもの？」

「彼が言うには、例えば、誰かを殴ってしまうこと。それは絶対にいけないことよね。でも、殴るという行為そのものだけにフォーカスしてそれを糾弾するのではなく、どうしてその人が殴ったのかを考えてあげないといけない。暴力それ自体は絶対にいけないことだけど、そこに至る経緯はそれぞれだものね。殴りたくない人だっていたでしょうし、どうしようもなく殴らざるを得なかった人もいる。」

アイは綾子の話を聞きながら、じっと自分の手を見ていた。ふくよかで、指にえくぼがある、恵まれた人間の手をしていた。誰も殴ったことなどなかったし、殴るのを我慢しなければいけなかったこともなかった。

「パパは、正義感の塊みたいな人でしょう。でも、恵まれていた。自分の家にお金がなくて、そしてお金のある誰かの家で働いていて、という状況を、理解出来なかったのだと思う。もちろん、お金を盗むのは絶対に悪い行為よ。どんな理由があっても、許されるべきことではない。でも、人間は弱いの。パパみたいに、強い人ばかりじゃない。きちんとお給料をもらっていても、どうしようもない気持ちになることを、彼は分からなかったのよ。」

恵まれていた、という言葉がアイの胸を刺した。そうなのだ、父も母も恵まれた人なのだ。そのことで、自分のように自身を恥じることもあったのではないだろうか。

もしかしたら、だから私を家族に迎えたのだろうか。

父がここまで支援活動に熱心なのは、アニータへの贖罪《しょくざい》からだけではなく、自身の恵まれた環境に対する罪悪感からなのではないだろうか。では私がここにいるのは、父の、そして母の慈善活動の結果だ。

「この世界にアイは存在しません。」

アイは目をつむった。自分の体を見たくなかった。恵まれた環境で、許されるままに太り続けている自分の体を見たくなかった。

「会社は前からやめたいと言っていたし、今やっていることは、ずっと前から彼にとってとても大切なことだったはずだわ。ハイチの出来事がきっかけになったのはもちろんとても大きいと思うけど、パパが会社をやめたのは、良かったと思う。」

綾子はそこまで言って黙った。自分に言いきかせるような口調になっていることに、気づいたのだろう。

「アニータと、」

知りたくなかったのに、言葉にしてしまった。アイはすでに後悔していたが、止められなかった。

「アニータと連絡を取らないでいたのは、そういう理由もあったの?」

カップを握る手に、綾子が力をこめたのが分かった。アイもそうだった。

「9・11の後に、彼女に連絡を取ったでしょう。」

あのとき、綾子はアニータの無事を喜んでいた、はずだ。それは間違いなく。

「アニータはね、でも、私が連絡をしたことを喜んでいなかったみたいなの。」

あるいはそれは、アイの勘違いだったのかもしれない。綾子はアニータのことをなんて言っていたのだろうか？　9・11の衝撃に紛れて、あのときのすべてがおぼろげだ。とにかく両親がすべての知人と連絡を取ったこと、そして自分が「生き残ってしまった」、そう思ったことだけしか覚えていなかった。

「喜んでいなかった？」

「ええ。というより、怒っていた。」

「怒っていたって、どうして……。」

「電話でこう言われたの。あなたたちの人生から、私は、私たちは、とっくにいなくなっていたはずですって。」

今ここで、自分がそう言われたように思った。アニータの窃盗を目撃し、懇願するアニータを解雇したのが、まるで自分だったかのように。

綾子はきっと、アニータが言ったことを一言一句はっきりと覚えているのだろう。間違う余地のないほどに、その言葉は強かった。だからアニータが、「私は」というのを、「私たちは」と言い換えたことも本当だろう。それこそが大切なことだったからだ。ダニエルは、綾子は、アニータの仕事を奪っただけではない。カタリナの、レジーナの、フローレンスの、そして生まれてくる子どもの生活を奪ったのだ。

「そう言われるのは、仕方がないわよね。」

綾子のコーヒーはすっかり冷めていた。

アニータはおかしい。ママは悪くない。

娘であったらそう言うべきだった。実際金を盗んだのはアニータだ。それはれっきとしたルール違反だ。それに、綾子はアニータに本当によくしてやっていた。ねぎらい、共にコーヒーを飲み、娘たちを家に招き、アイのお古の服をプレゼントしていた。

でも、よくしてやっていたという時点で、その感情それだけで、アニータが綾子を許さないことは正しい気もした。金銭が介在した、明確な雇用関係であっても、ハウスシッターを雇う余裕のある人間と、ハウスシッターとして雇われる人間という図式がこの世界にある限り、アニータの怒りはまっとうな気がした。

アイはアニータに、カタリナに、レジーナに、フローレンスに抱いていた、あのいやらしい罪悪感を思い出した。

9・11で、自分の同級生たちが、そして両親の恵まれた友人たちが生き残ったことと、アニータたちが生き残ったことに、自分はわずかでも違う安堵を覚えていたのではなかったか。例えば他の「恵まれた国」で起こる地震と、ハイチで起こる地震に、自分は違う反応を見せていたのではなかったか。

アイは目を伏せた。苦しかった。これ以上考えると、頭がおかしくなりそうだった。アイは自分の手を見た。じっと見た。罪に一度も手を染めたことのない、だからといって汚れていないわけではない自分の手を。

「この世界にアイは存在しません。」

ダニエルは団体の本部があるニューヨークで1年の大半を暮らすことになった。綾子ももちろん、後を追った。アメリカ国籍を持っているアイは、今まで家族滞在として日本に住んでいた。ダニエルが日本を去った今、アイは留学ビザを取る必要があった。アイはその間ひとりで暮らすことになるわけだが、もちろん自立とは程遠かったし、ひとり暮らしなどと言えるものではなかった。家には、彼らのカップがふたつ残された。

院に進んだアイだったが、生活はほとんど変わらなかった。

元々数学はそれぞれで定理を作り出す学問だ。大学に通うことは重要視されていなかったが、院になるとなおさらだった。

院では、概念を作る行為により重きが置かれた。答えがあるというよりも、こういう風に定義してみると、こういう概念が作り出せるかもしれないという考えでことが進む。例えば位相という概念を初めて定義した人間にとっては、位相というのはなんとなく「ある」のだが、その時点ではまだ世の中に存在しない。それを数式という形で存在させるのだ。

傍から見れば、アイが何をしているのかは誰にも分からなかった。アイは出来るだけ大学に足を運ぶようにはしていたが、だからといって若者らしい時間がそこにあるわけではなかった。図書館で、あるいはサロンで、アイは他の学生たちと同じように、ただひとりで数学の世界に集中した。

1年はあっという間に過ぎた。

ハイチの地震については、能動的に情報を集めないと知ることが出来なくなった。北アフリカ・中東ではアラブの春と呼ばれる革命が起こり、競って民主化の波が押し寄せていた。革命の波はシリアにも到達した。だがそのときはまだ、ダマスカス市内で小規模なデモが発生している程度、治安当局に簡単に制圧される類のものだった。

だが、3月に入って事態は一変する。ヨルダンとの国境に接する南部の街ダラアで、中学生たちが壁に反政府の落書きをした。軽い気持ちでやった子どもの悪戯だったが、治安当局がただちに出動し、子どもたちを捜し出して逮捕した。それがやがて大きなデモを生み、長く続くシリアの騒乱の発端となった。

シリアでのこの騒乱がやがて内戦と呼ばれ、信じられない数の悲劇を生むことを、そのときのアイはまだ知らなかった。


春休みに入った。

自堕落な日々だった。両親はおらず、アイはひとり家にいた。時々掃除をすることはあったが、両親がいない家はいつもうっすらと埃《ほこり》が積もり、あまりにも静かで、まるで空き家のようだった。

アイは毎日昼過ぎに起き、適当なものを食べ、ダニエルと綾子が嫌ったコンビニの弁当にも躊躇《ちゅうちょ》なく手を出した。時々、ミナとふたりで行ったファーストフード店に足を運び、あの頃のことを思い出したりもしたが、たった数年前の出来事が、アイにはとても遠くに感じられた。

ミナはロスアンゼルスで楽しくやっているようだった。トラック運転手の恋人とは別れ、ウクライナ系アメリカ人の恋人、ミラを得ていた。

3月11日の午後、アイはいつものようにスカイプでミナと話をしていた。

「ミラ＆ミナよ。ディズニーのキャラクターみたいでしょ？」

「ああ、なんだっけ、あのネズミの……、」

「ネズミはミッキーじゃん！」

「違う、あの……。」

「チップとデールでしょ？」

「そう！　あれは、ネズミじゃなかったっけ？」

「リスでしょ！」

「ああ、リスだっけ？」

「信じられない！」

「あれ、何の話だっけ？」

「なんだっけ？」

「あ！　ミラとミナの話じゃん！」

「忘れてた！　チップとデール？」

「そう！　でも、ミラ＆ミナだったら、双子の魚かな？」

「魚？　どうして？」

「わかんない。ミナがサーフィンするから？」

「でも、ミラはまったくしないよ。すごーくインドアなの。ずっと家にいる。静かだし、猫みたいよ。」

「じゃあ、猫の姉妹だ。」

「ディズニーに猫のキャラっていたっけ？」

ミナとの会話は他愛なかった。そこから有意義な何かが生まれるような気配は微塵《みじん》もなかったが、だからこそ尊い時間だった。ふたりはほとんど会話を続けるためだけに話をした。ミナと対面すると、アイはたちまち高校生のときに戻った。教室で、軽井沢で、尽きない話をし続けたあのときのきらめきが、アイの胸に簡単に甦った。

「私たちの会話、人に聞かれたら最高にくだらないって言われるだろうね。」

「ほんとだ。盗聴されてたらどうする？」

「CIAに？」

「FBIに！」

散々意味のないことを言い合ってスカイプを終了した。

口角が上がったまま時計を見ると、午後2時45分だった。なんとなく時計を見続けた。針がちょうど、午後2時46分を指したそのとき、突き上げられるような衝撃があった。直後、それは大きな横揺れに変わった。

リビングにあった本棚から、次々と本が落ちた。シェルフに飾ってあった様々なピースも落ちた。テーブルに置いていたカップが落ち、床で割れた。ダニエルの緑色のカップだった。それを見て、改めて自分が今家にひとりなのだと思い至った。思った瞬間、恐怖は遅れてやってきた。

ひとりだ！

こんなに考えている間も、揺れはまったく収まらず、それどころか強くなっていた。

テーブルの下に入らなければ、ガスの元栓を閉めなければ、玄関の扉を開けなければ。

聞きかじった防災の知識がぐるぐると頭を駆け巡ったが、結局何もすることは出来なかった。アイは椅子の背につかまっているだけだった。

先ほどまで、ミナと他愛ない話をしていたのが信じられなかった。

「リスでしょ!」

「じゃあ、猫の姉妹だ。」

「私たちの会話、人に聞かれたら最高にくだらないって言われるだろうね。」

自分の声が、ミナの声が、まるで遠くの国の言葉のように聞こえた。理解出来るのに摑めなかった。揺れは収まらない。アイはとうとう叫んだ。大声で。声は誰にも届かず、その言葉はずっと後になるまで思い出せなかった。

三陸沖を震源とするマグニチュード9.0の地震だった。


「チケットをすぐ手配するから。」

綾子の声はかつて聞いたことがないほどに乾いていて、強かった。

地震の直後の電話ではなかった。地震が収まった後に繫がった電話では、綾子もダニエルもただただアイの無事を喜び、現実的なアドバイスをしただけだった。避難用具をまとめておきなさい。バスタブに水をためておきなさい。

だが地震後、福島第一原発の建屋が崩壊したことを受け、アイの両親は厳しい声でアイに日本を離れろと告げたのだった。

「アイ、こっちに来なさい。すぐに。」

画面に映る自分の両親を、アイはじっと見つめた。

父も母も怒っていた。アイにではない、東京電力と日本政府に対してだ。でも後に、ふたりの怒りを忘れさせるほどに、アイは奇妙な行動を取った。アイは日本に、東京に残ると告げたのだ。

「アイ、だめよ。それはだめ。」

ミナからも何度も連絡が来ていた。日本を離れてカリフォルニアに来いと、そう言っていた。アメリカの新聞には、日本の新聞が報道しないことが載っていると聞いた。事態はアイが思っているよりもきっと深刻だ。今自分は、とんでもない災害の渦中にいるのだ。

だからこそアイはそのとき残ろうと、そう決めたのだ。渦中、という言葉がことさらに強烈な光を放った。

「アイ、どうしてなんだ?」

ほとんど泣き出しそうな綾子と違って、ダニエルは落ち着いていた。冷静に、諭すように話すそのやり方は、アイが小さな頃と変わらなかった。コニーアイランドで、アイの言葉をいつまでも待ってくれた、あのダニエルと。でも、ここには射的場はなかった。コットンキャンディを売る着ぐるみの虎もいなかったし、ハイタッチをしてくれるピエロもいなかった。観覧車も、ジェットコースターも、アイが心から望むものは何もなかった。そこにはただ、静かな家と、割れたダニエルのカップがあるだけだった。

「アイ。」

こんなときにも、父は自分の気持ちを尊重しようとしてくれる。頭ごなしに叱ったり、アイをはなから否定したりしない。どうしてそう思ったのか、ただアイに優しく、真摯に聞いてくれるのだ。アイは泣き出しそうになった。

「私は、」

アイには答えられなかった。遠く離れた両親、血の繋がっていない両親に、自分の今の気持ちを正確に伝えることは出来なかった。ただこう言った。この気持ちだけは確かだった。

「残りたいの。私はここにいたい。」

こんな状況で、初めて「本当の子ども」らしく両親に逆らっている。

その皮肉に、アイの手は震えた。心臓がおかしな打ち方をして、目の前に火花のような閃光が見えた。

反抗期なんてなかった。両親と一緒にいることを嫌だと感じたこともなかった。ふたりはアイの気持ちをいつも優先してくれた。アイが嫌がることを強制することなどなかったし、アイが黙っていたら、沈黙の先にある感情を慮ってくれた。

だが今、アイは両親の言うことを絶対に聞くつもりはなかった。爆発事故を起こした原発を孕んだ国に残ることが両親への反抗になるわけではなかったが、反抗するよりも強く彼らを悲しませることになるのは分かっていた。

「アイ、お願い。こっちに来て。」

ここで負けてはだめだ、アイは思った。

自分のかたくなさに、アイ自身が一番驚いていた。ここでまたニューヨークに、両親の元に逃げ、安寧の中に飛びこんだら、自分は一生この罪悪感を抱えながら生きていくことになる。

マグニチュード9.0の地震は、そして煙を上げた原子力発電所の映像は、アイを確実に狂わせたのだった。アイは興奮していた。自身のからだに起こったあの突き上げるような衝撃、横揺れで感じた全身を覆った恐怖を、アイは盲目的に信じていた。

これは自分のからだに起こったことだ。

これは私のからだに起こったことだ。

私の！

アイはほとんどあの体験を「重要なこと」として抱きしめようとしていた。自分が自分であることの証拠として、絶対に手放さずにいたいと、そう思うようになっていた。

「アイ。」

綾子が自分のことで涙を流すのを、アイは初めて見た。

自身に起こった衝撃は、そのままアイのからだを変化させた。痩せ始めたのだ。

まず、以前のように食べ物を口に入れることが出来なくなった。空腹は感じるのに、いざ食べ物を口に運ぼうとすると胸が苦しくなる。汚染の問題もあった。これは大丈夫、汚染されていないといくら文面で説得されても、恐怖は消えなかった。

福島の人たちのことを考えると苦しかった。地域によって分断され、自分の仕事と土地を奪われた人たちが同じ国にいることに胸が潰れそうになった。食べなければ、そう思えば思うほどアイの喉は細くなった。

綾子とダニエルは、アイへの説得をやめなかった。

「アイ、航空券はこちらで手配するから。」

「いいの、パパ。東京は大丈夫だから。」

「アイ。」

「きっとニュースではドラマティックな現場ばかりを映しているだろうけど、でも、分かるでしょう？　東京は被災地じゃない。こっちにはちゃんと日常がある。」

「でも……。」

「友達もたくさんいるし。みんなで助け合えてる。私は、私たちは、みんなが思ってる以上にタフなんだよ。」

それは嘘だった。助け合える友達などほとんどいなかった。

「アイ、でも……。」

「お願い、パパ。」

いくら説得しても「残る」と言って聞かない、こんなに強情な自分を、ふたりは初めて見たはずだった。だが結局アイの意思を尊重し、アイが日本に残ることを許した。そして、大量の食べ物を送って来てくれた。「汚染されていない」「安心な」ものだと言われると、それを望んでいたはずなのに恥ずかしかった。自分が愛されていることが。心配されていることが。

情報はインターネットで得た。信じられるもの、信じられないもの、それらを自分で判断して選んでいかなくてはいけなかった。毎回パソコンを閉じるときはぐったりと疲れていた。自分が情報を得たいと思っているのか、それとも情報に乗っ取られているのか分からなかった。

アイが能動的に欲するのは、ミナからの連絡だけだった。

「あいつらなんて、逆に帰ってこいって言うんだよ？　信じられる？　家がこんな大変なときにロスで遊んでるなんてどういうことだって。」

ミナの両親は「あの人たち」から「あいつら」に降格していた。

確かに、このような状況で娘に帰ってこいと言うのは親として異常な気もした。だが、肉親だからこそ言える言葉のように思った。あらがうことの出来ない強い血が、そうさせているような、そんな気がした。何よりそんなことを言いながら、ミナの両親はミナのロスアンゼルス滞在の援助をしているというのだ。そんな状況で両親を疎ましく思うミナが、アイは羨ましかった。

そしてミナが自分と同じようにまだ庇護《ひご》された存在であることに、アイはやはりどこかで安心していた。そんな風に思う自分は嫌だったが、止められなかった。しかも自分は、あの未曽有の災害が起こった国に、まだ留まっている。それはすり減ったアイの心を、いやらしく刺激するのだった。あの激しい横揺れは、アイのからだの中で簡単に甦った。

これは自分のからだに起こったことだ。

これは私のからだに起こったことだ。

4月になり、5月になった。

街や駅が薄暗いことに慣れ、テレビは元通りの番組を放映するようになり、スーパーには再び商品が溢れるようになった。日常はあまりにもあっさりと戻って来た。東京は今までのようにせわしなく、今までのように猥雑《わいざつ》だった。

アイも院にまた通い始めるようになった。だが、元々学内ですることは少なかったし、修士で卒業する人間のように就職活動を始めているわけでもなかった。アイは自身の未来について、何も決定出来ていなかったのだ。結局、やはりほとんどの時間を家で過ごした。時々母方の祖父母が訪ねてきたが、両親抜きで会う時間は気づまりで、ふたりはやがて来なくなった。

「この世界にアイは存在しません。」

今ここで自分が死んでも、世界は何も変わらないのだろう、アイはそんなことを思った。

「この世界にアイは存在しません。」

被災地の死者・行方不明者数はほとんど確定していたが、アイはそれをノートに書けなかった。黒いノートは閉じられたままだった。だがアイのそばにあった。いつもだ。

「どう？　東京も少しは落ち着いた？」

画面の向こうのミナは、ぶどうを食べている。青くて瑞々《みずみず》しい果肉を皮ごと食べ、時々指を拭う、そんな光景すら、アイには眩しかった。

「うん、ちょっとずつ落ち着いてる。」

「アイも？」

「うん。」

「痩せたんじゃない？」

両親以外で、自分を見ていてくれるのはミナだけだった。

「あんまり食べられなくて。」

「そうか。」

痩せたというよりは、やつれた。運動など何もしていなかったから、ただ肉が削《そ》げ、隈《くま》が出来て不健康だった。

「食欲ないのは分かるけど、ゼリーとかそんなのでもいいから食べなよ。」

「うん。」

自分はまるで風邪を引いているみたいだ、アイは思った。実際そうなのかもしれない。あの日からずっと、頭がぼんやりして、からだがだるかった。それはまるで風邪の症状そのものだった。

「あー、なんかゼリーって言ったら食べたくなってきた！」

思わず口角が上がった。ミナはミナだ。その変わらなさが、アイを安心させた。

「学校には行ってる？」

「うん。まあ。でも元々そんなに通う必要のない専攻だし。」

「そっか。」

ミナは頻繁に連絡をくれたが、あまり頻繁なので話すことがなくなって、よく沈黙した。でもその沈黙の間、お互いそれぞれ別のことをしているときがあって、その関係が心地よかった。

「あ、洗濯終わったみたい。」

「あ、干す？」

「ううん、こっちは干しちゃいけないんだってば。」

「あ、そうか。」

ロスアンゼルスでは外観を損ねるという理由で、洗濯物を外に干してはいけないアパートメントが多かった。そういえばニューヨークでもそうだった。アニータが、外に洗濯物が干せないことで悪態をついているのを、何度か見たことがあった。アニータのことを思うと、アイの心は今でも痛んだ。

「こんな晴れてんのにさぁ、洗濯物くらい干させてよ、ねぇ！」

確かにカリフォルニアの空の下に干せば、洗濯物なんて一瞬で乾いてしまうだろう。アイは風呂場に干してある自分の洗濯物のことをちらりと思った。天気はいいのに、最近は外で干すことがどうしても出来なかった。

「ふう……。」

いつもなら、そろそろこの時間を終わりにする頃だった。でもミナは、まだそこにいた。伸びた髪を束ね直し、ペットボトルから水を飲んだ。

「洗濯物、いいの？」

「ああ。うん。」

何か言いたいことがあるのだろうか。アイがそう思ったのと同時に、ミナが口を開いた。

「ねえアイはさ。」

「うん。」

「なんで残ったの？」

「え？」

柔軟剤の香りがした。室内に風が吹いたのだ。窓を閉めていても、空気は常に動いている。最近気づいたことだった。

「アイのパパもママも、私だって海外にいて、いつだってこっちに来られたじゃん。」

きっとミナは、ずっとこのことを聞きたかったのだ。

「責めてるんじゃないからね。アイがそんな風に強く何かを決めることって珍しいから、何かあったのかと思って。」

珍しい、とミナは言ってくれているが、それはきっと初めてのことだった。ミナも驚いたに違いない。震災後繋がった電話で、ミナは両親と同じ熱量でアイに訴えたのだ。「そこを離れなさい」と。やがてアイのかたくなさに折れたが、それでもミナは連絡してくるたび、アイの心が変わらないか聞いてきた。

「何かあったの？　嫌なら言わなくていいけどさ。」

今なら聞いてもいいと思ったのだろう。確かに例のかたくなさは消えていた。アイ自身でさえ、あのときの自分に驚いているくらいだった。

どうして自分は、あんなに強固でいられたのだろう。

どうしてあんなに強く「NO」と言えたのだろう。

「いや、嫌じゃないけど……、説明しづらいんだ。」

「説明しづらい？　言ってみてよ。しつこいけど、嫌じゃなかったらね。」

ミナは、いつまでも待つ、という顔をしていた。そしてきっと、分からないことに対して分かったふりをしないだろう。ミナは、それだけで信頼に値する人に見えた。

「なんていうか……。」

「うん。」

「今まで私、ずっと免れてきたと思ってたの。」

「免れてきた？」

「そう。あの、ね。軽蔑しないでほしいんだけど。」

「しないよ。約束する。」

「私、ずっと死んだ人の数を書いてるの。」

今までずっと黙ってきたことを、こんな風にあっさり打ち明けることが出来る。自分はやはりまだおかしな興奮状態にあるのかもしれない。そう思ったが、止められなかった。ミナに聞いてほしかった。たったひとりの親友に。

「死んだ人の数？」

「そう。世界中で起こってる事故や事件や災害で死んだ人の数を、ノートにずっと書いてるの。」

「いつから？」

「……ノートは、2005年からになってる。」

「えっと、高校のときか。もう私と会ってた？」

「うん。会ってた。」

「死者の数って、どんな風に？」

「起こった事件や災害の内容と一緒に、何人死んだって、シンプルだよ。」

「日記ではないのね？」

「うん、違う。」

「そっか。どうして？」

どうして、と聞いてくれる人は今までいなかった。何故ならノートのことは誰にも話していなかったからだ。でも、自分でも時々「どうして？」と思っていた。死者の数を書き続けること、その行為に私は何を求めているのだろう。

「……分からない。」

「そっか。」

アイは沈黙した。自身のこの沈黙の先にあるものを探した。ミナには正直でいたかった。

ミナにだけは。

「……きっと、知っておきたいんだと思う。」

「知っておきたい?」

「うん。私がこうやって生きている間にも、世界ではたくさんの、本当にたくさんの人が死んでる。」

「うん。そうだね。」

「そのことを、きちんと知っておきたいのかもしれない。もちろん、すべての死んだ人を書くことは出来ないし、何人って書いている時点でまとめちゃってるんだけど。まとめるって、すごく……怖いけど……。」

ミナの唇がわずかに開いていた。真っ赤な舌と、紙のように白い歯がのぞいている。

「その死んだ人の中に自分が入っていないことが、免れてきたと思ってたということ?」

あ、と、声を出した。自分から言ったことなのに、ミナに言われて驚いた。自分は何を言っているのだろう?

「……うん、そうだね。そう。ずっと、免れてきたと思ってた。どうして私じゃなかったんだろうって。」

「うん。」

「どうして死んだ人が私じゃなくてその人たちだったんだろう。その人と私の違いは何なんだろうって。」

「うん。すごく難しいね。でも分かるよ。」

ミナが分かる、と言ってくれたことに勇気を得た。そして同時に「ミナには分からない」とも思った、強く。私は、何が言いたい？　アイは自分が分からなかった。

「私、養子じゃない？　シリアから来て、アメリカ人の父と、日本人の母に引き取られた。」

「そうだね。」

「シリアで、きっと何らかの困難な状況にあった私を、誰かが選んでくれた。そうして、今の両親に出逢わせてくれた。裕福な両親に。」

中学生の逮捕が発端で起こったシリア、ダラアのデモには、数千人の人々が押し寄せた。彼らは一様に「アッラー、シリア、自由！」と叫んで子どもたちの釈放を訴え、県知事と治安責任者アーティフ・ナジーブの解任を要求した（彼はバッシャール・アサド大統領の従弟《いとこ》だった）。治安部隊が発砲し、数人が死亡したこのデモは、ダラア市内に不穏な空気をもたらし、混乱が生じた死者の葬儀でも治安部隊が発砲し、新たな死者を出した。

ダラアのデモは拡大し、近隣のホムスやバニアス、そしてカミシュリやハッサケなど遠隔の地まで飛び火した。

このような状況の中、4月末にダラアでデモに参加した13歳の少年が行方不明になり、後に腐乱した状態の遺体が家族の元に返された。家族によると彼の体には拷問の跡が見られ、それを受けたアルジャジーラやアルアラビアなどのメディアがこぞって拷問死事件として大々的に取り上げた。アサド政権は少年の死は拷問によるものではなかったこと、身元が分からず返還に時間がかかったことなどを述べたが、国際社会はそれを許さなかった。

同じ頃、ジスル・アッシュグールという街で治安部隊関係者が120人余り殺害される事件があった。反政府グループはこの事件は離脱兵と政権側の衝突であると主張したが、政権側は反政府グループによる襲撃だったとして掃討《そうとう》に乗り出した。それによって多くの市民が街を去った。

6月の段階で、反政府側団体が発表した市民の死者数は1100人を超え、治安部隊側の死者は400人にのぼった。

シリアのことを思わずに済んでいた、あの穏やかだった時間は去った。一度そのことを知ってしまったら、もう元には戻れなかった。シリアで今この瞬間、誰かが死んでいる。彼らは自分のあずかり知らないことで、無残にも命を絶たれている。自分が大きな家で、こんなにも静かな暮らしをしているその間に。

「シリアから両親の元に来たことは、本当に幸せなことなんだと分かってる。でも、それ以上に……、なんだかずっと……、申し訳なかった。もちろん幸せ、本当に、私は幸せすぎるくらい幸せだよ。申し訳ないと思うことなんて傲慢だということも分かってる。でも、ずっと、誰かの幸せを不当に奪ったような気がしていて。」

「誰か？」

「そう。私の代わりに両親にもらわれるはずだったシリアの誰か。もしかしたら私がシリアに残っていたかもしれない。そしてその誰かが、私の両親の元で幸せに暮らしていたのかもしれない。私はその人の幸せを、もしかしたらその人の命も、奪ってしまったのかもしれない。」

「アイ。」

「ひどいこと言ってるのは分かってる。私は自分の環境に感謝すべきだし、幸せなことを幸せに思うべきだよね。」

「べき、ではないよ。感謝とか幸せって、努力して思うことではないんだよ。自然にそう思うことなんだから。アイがそう思えないのなら、無理に思うことない。」

「でも、本当に思うの、幸せだって。私は本当に幸せ。でも、幸せって思えば思うほど……。」

「苦しいのね？」

ぐ、と喉が鳴った。私は「苦しい」と言っていいのだろうか。いわれのない、「本当の苦しみ」を苦しんでいる人たちがいる世界で？

「苦しいって、言っていいんだよ。」

ミナは、まるでアイの胸のうちを見透かしているようだった。

「それってあんたの苦しみなんだから。それに嘘をつく必要なんてない。あんたは馬鹿じゃないから、そのことを私以外には言えないだろうって思う。そうだね、馬鹿じゃないどころか、賢すぎるんだ。」

「そんなことない。」

「正直になろう、アイ。あんたは賢すぎる。言い方を変えるね。考えすぎる。」

「……そう、だね。それはそう。」

「そしてもちろん、それがアイなんだから、考えすぎるのがあんたなんだから、それも変えなくていいと思う。」

ミナの瞳孔《どうこう》がわずかに動いていた。何かを真剣に考えているとき、人間の瞳孔が震えることを、アイはミナを見て知った。初めて自身のセクシュアリティを打ち明けてくれたあの日、ミナの瞳は今と同じように、わずかに震えていたのだ。

「それで、地震が起こった国に残りたかったの？　安全な場所に逃げるのが嫌だったの？ずっと免れてきたから。命が助かってきたから。」

ミナの言うことを聞いて、アイは大声で叫び出したくなった。確かにその通りだった。ずっと免れてきたと思っていた。

阪神淡路大震災を、シリアの内戦を、9・11を、ハイチの地震を、世界中の悲劇を、自分は免れてきた。免れ、そして生きてきた。肥え太り、誰にも自身のからだに触れられることなく、そして将来何かのために生きようとも思わず、両親の金で、両親の家で、ただのうのうと生きてきた。

今こそ自分が渦中にいるときだ、い続けるべきだ。アイはそう思ったのだ。

でも、人の声で聞くそれは、自分が思っていたよりも傲慢でおぞましかった。東京の大きく頑丈な家に残ることで被災地の人たちの気持ちが分かるはずもなかったし、ましてや誰の命が助かるわけでもないのだ！

「あんたがどんな思いでいるか分かるよ、今。ものすごく恥ずかしいでしょう？」

「うん。」

アイはミナに責めてほしかった。甘えてんじゃない、矮小《わいしょう》な自己満足を得るために、両親に心配をかけて、それで被災者にでもなったつもりなのか？

でも、ミナはアイを責めなかった。画面越しに、アイをはっきりと見すえた。きっとアイの目を見ているはずだったが、スカイプを通すとどうしても目が合っている感じがしなかった。

「あのね。でも、アイは起こったことに、胸を痛めているんでしょう?」

「え?」

「東日本で起こっていることに、そして世界中で起こっていることに、胸を痛めている。でしょう?」

「うん。」

それは本当だった。それだけは心から言えた。アイは東日本で起こっていることに、そして世界中で起こっていることに、胸を痛めていた。被災した人たちのことを思うと、そして悲劇に巻き込まれた人たちのことを思うと、胸が張り裂けそうだった。

「だからこそ思うんだよね、どうして私じゃないんだろうって。」

「うん。」

「その気持ちは恥じなくていいよ。恥じる必要なんてない。どうせ自分は被災者の気持ちが分からないんだって乱暴になるんじゃなくて、恥ずかしがりながらずっと胸を痛めていればいいんじゃないかな。よく分からないけど、その気持ちは大切だと思うんだ。何かに繋がる気持ちだと思うから。」

アイは両親に送ってもらっていた中の、少なくない金額を寄付していた。そうすることで少しでも罪悪感から逃れたかったからだが、もちろんそれだけではなかった。苦しい思いをしている人のことを思うと苦しかった。何かせずにはいられなかった。自分の行動が誰の役にも立っていないかもしれないと思うことが苦しかった。そしてそうやって寄付した金が、自分が稼いだ、汗をかいて必死で稼いだ金ではなく、両親の金、潤沢にある両親の金であることが恥ずかしかった。

自分は何も傷ついていない。

自分は何にも手を染めていない。

「こっちにいるとさ、至るところで日本の国旗を見るの。」

エンパイアステートビルが日本国旗の色に染められたのを、アイもニュースで見た。

「みんなが日本のために祈ってる。私も彼らも日本にいなかったし、地震の被害にも、原発の被害にも遭わなかった。でも、じゃあ私たちに祈る権利はないって、アイは思う？」

ミナはアイをじっと見ていた。目は合わなかったし、瞳孔はもう動いていなかったが、それはアイのことを思っている、まっすぐな視線だった。

「思わない。」

「誰かのことを思って苦しいのなら、どれだけ自分が非力でも苦しむべきだと、私は思う。その苦しみを、大切にすべきだって。」

アイはミナに会いたいと思った。心から。画面の向こうから、自分のことをこんなにも思ってくれている親友に、アイは会いたかった。

「相対的に見たら、あんたのしてることは間違ってる。間違ってるのとは違うか、でもあんたの言うように傲慢だと思うし、私たちに心配をかけてる。分かるよね？　でも、今は相対なんて知らない。あんたは私の親友だから、それは絶対なんだよ。私はアイの気持ちを尊重する。分かりたいと思う。」

「ありがとう。」

「お礼なんて言わなくていい。その代わり、ごめんなさいも言わなくていいからね。あんた今、言おうとしてたでしょ？」

「うん。してた。」

「だめだよ。謝ったらだめ。アイがそこに無事でいてくれること、私は本当に嬉しいんだよ。その苦しみごと、アイがそこにいてくれたらそれでいいんだ、私は。分かる？」

「うん。」

「思う存分いなさい。そこに。」

「うん。」

ありがとうと、ごめんなさいを言ってはいけないのであれば、何を言えばいいのだろう。

アイは言葉に困った。でも、先にミナが「それ」を言ってくれた。

「大好きだよ。」

アイもそうだった。ミナのことが大好きだった。だから言った。

「ミナ、私も大好き。」

その言葉は、美しい雨のようにアイの心を洗った。ミナはアイの心に、忘れていた健やかさを戻してくれた。

「大好き。」

心が変化すると、生活にも変化が訪れた。

まず、服を買いに行こうと思うようになった。急激に痩せ、以前着ていた服はのきなみゆるくなったのだ。

いつもは一緒に行ってくれていた綾子もミナもいない中、アイはひとりで若い女の子の集う店に行かなければならなかった。店に入るのに蛮勇《ばんゆう》を必要とした。はっきりと緊張したアイは、でも、そこで思いがけずこんな風に言われたのだった。

「お綺麗ですね！」

それは販売員特有の社交辞令だったのかもしれなかった。それでもアイにとっては鮮やかな爆弾のような言葉だった。それはアイの体に吸収され、体内で弾けた。

アイはその日から、能動的に痩せ始めた。空腹は変わらず、家には両親が送って来た食べ物が溢れていたが、アイは小鳥が食べるほどの量を口に含み、あとはほとんど水を飲んでいた。でも、そんな風に過ごしていると、貧血で動けなくなることがあった。アイはダイエットの本を読み、健康的に痩せる方法を探し始めた。

歩くことから始めた。最初は少し歩いただけで息が切れ、汗が噴き出したが、体から悪いものが出ているようで気持ちが良かった。1ヶ月もすると歩かないと気持ちが悪くなり、一駅歩くくらいは平気になってきた。ミナにからだを整える方法を聞き、タンパク質の多い食事を心がけるために、料理もするようになった。日々コンロに火がともるようになると、アイの家は空き家のようではなく、人がきちんと住んでいる家になった。

日々、体重計に乗るのが楽しみだった。ダニエルが体を鍛えるのが分かる気がした。健やかな生活をしていると、それだけで許されたような気持ちになった。空はきちんと青く見え、朝陽は眩しかった。

ある日、ミナから大量の荷物が届いた。

痩せ始めた、というアイの状況を知り、ロスアンゼルスで見つけた可愛いバッグやアクセサリー、高タンパクの食べ物、日本では未知の果物をパウダーにしたものなど、ありとあらゆるものを送ってくれたのだ。

中に、一冊の本があった。「Reading Lolita in Tehran」、「テヘランでロリータを読む」と題されたその本は、アメリカでベストセラーになったものだという。

大学教員でもあった著者アーザル・ナフィーシーが1979年革命当時から対イラク戦争を経たイラン、抑圧されたイスラム世界の中で、秘密の読書会を開いた真実の記録だった。当時ナボコフの「ロリータ」を始めすべての西洋の文学は発禁処分になっていた。つまり、読書が見つかれば、それはほとんど死を意味したのだ。

添えられたミナからの手紙には、こんなことが書かれていた。

『アイが死んだ人の数をノートに書きこんでいることを、私は完全に理解出来たわけではないけど、それは「想像」なんじゃないかなと思う。私にとって「想像」はこの本を読むことだったの。時間があるときに読んで。』

アイはそれをすぐに読んだ。そしてたちまち夢中になった。

楽しみを奪われ、笑うことを奪われ、何かを思うことを奪われる少女たち。ときにはいわれのない嫌疑をかけられ、命を奪われる少女たち。ただ人間として健やかに暮らしてゆきたいという、その願いさえも聞き入れられない少女たち。

その描写はもちろんアイの心を裂いた。今アイが、そしてミナが享受している、いや、享受しているとさえ思ってもいないことを禁じられ、少しでもそれを望むと罰せられ、辱められ、命すら奪われる娘たちは、でも、過去だけにいるのではない。

『読者よ、どうか私たちの姿を想像していただきたい。そうでなければ、私たちは本当には存在しない。歳月と政治の暴虐に抗して、私たち自身さえ時に想像する勇気がなかった私たちの姿を想像してほしい。もっとも私的な、秘密の瞬間に、人生のごくありふれた場面にいる私たちを、音楽を聴き、恋に落ち、木陰の道を歩いている私たちを、あるいは、テヘランで『ロリータ』を読んでいる私たちを。それから、今度はそれらすべてを奪われ、地下に追いやられた私たちを想像してほしい。』

今も世界中にいるのだ。今も。

「この世界にアイは存在しません。」

半年経っても、福島第一原発の事故はまだ収束していなかった。

東京電力と政府は数々の事実を隠蔽《いんぺい》していたが、それでもまだ原発は安全だと言い続けていた。被災地の復興は遅々として進んでおらず、たくさんの人が不自由な仮設住宅暮らしを余儀なくされ、それ以上にたくさんの人が新たに故郷を離れざるを得なかった。アイはそのことにはっきりとした怒りと悲しみを覚えたが、そのことで自身を傷つけることはやめた。

アイは内向していた。

数式に対峙するときの内向とは違っていた。アイは初めて自分のからだとじっくり向き合った。両親が使っているのとは違うシャンプーを買い、生まれて初めて彼らと違うにおいをさせた。アイは自分のからだが変わってゆくことが不思議で仕方なかった。

冬が来る頃には、アイの体重は60キロを切り、足にはうっすらと筋肉がついた。劇的な変化と言って良かったが、その変化に一番驚いていたのはアイだった。毎日、鏡に映る自分を信じられない思いで眺めた。

体が痩せると、黒い服の意味も変わった。まったく喪服のように見えていた服は、綾子が着るようにただの美しい黒い服になった。黒の陰影はアイの体を美しく見せ、白い肌をますます白く輝かせた。

ある日、男子学生の視線が変わったと気づいた。今までは大きな木や駐車違反をしている車を見るようだった彼らの目に、ほのかな色がさしたような気がした。

修士論文の準備を始めるようになった頃も、アイの心は軽やかだった。数学は相変わらず興味深く、アイをいつまでも静寂の中にいさせてくれたが、アイはその静寂を飛び出したいと思うようになっていた。今まで避け続けた明るい、明るすぎる世界に飛びこんでみたいという思いが強くなった。女子大生というキラキラしたレーベルから完全に排除されていた自分に、またその恩恵に浴す権利が与えられたような、そんな気分だった。

アイは避けていた場所に出かけるようになった。渋谷、原宿、表参道。東京の真ん中に住んでいるのに、名前を聞くだけでしりごみしていたような場所だった。アイは買い物を楽しみ、店員から賛美の言葉をもらった。アイの容姿は彼女たちからすれば驚くべきもののようだった。特に長くくるりとした睫毛と大きな瞳は。

アイはたくさん洋服を買った。その金は相変わらずダニエルと綾子から出ていた。


夏の気配がし始めたある日、渋谷で声をかけられた。

今まで声をかけてきたのはほとんどが外国人だったが、その男は背の高い日本人だった。いつもならアイは高揚とわずかな恐怖で、足早に通り過ぎるだけだった。でもそのときは思わず足を止めた。その男は、どこか内海義也を思わせたのだ。

内海義也のことは、時々インターネットで検索していた。彼が叔父とのトリオをやめ、単身ニューヨークにいると知ったときは、胸が高鳴った。自分が住んでいた街に彼がいるというそれだけのことで、アイは彼とどこかで繋がっているような気がした。アイはそのとき初めて、内海義也が自分の初恋の人だったのだと確信したのだった。

「あの、これ……。」

その男はとても遠慮がちだった。アイの国籍を分かっていないようだった。

「はい。なんでしょう。」

だからアイは、出来るだけはっきりとそう答えた。アイの返事を聞いて、その男は安心したような、恥ずかしそうな顔をした。アイは嬉しかった。自分が若い男にそのような感情を喚起させることが信じられなかった。

「もし、良かったら。」

渡されたビラはスタイリッシュで、書かれた内容を見なければ、音楽イベントの誘いだと思うところだった。それは原発反対デモへの参加を呼びかけるものだった。渡した手がわずかに震えていたのを、アイは見逃さなかった。

「参加してくれませんか?」

アイはまっすぐ、彼の目を見た。彼の瞳には、自信に満ちた美しい女が映っていた。それが自分だと分かるまで、数秒かかった。

最初は、祭かと思った。

指定された場所に行くと、アイも想像出来なかったほどの人がいた。ピエロの恰好をした者、ガスマスクをした者、風船を体に巻き付けた者、犬もいたし子どももいた。アイが祭と思ったのも仕方のないことだった。だがみんなが手にしている段ボールや布で出来たプラカードには、「NO NUKES」「さようなら原発」などと書かれていて、確かに反原発デモであることには間違いないのだった。

若い人間が多かった。そのことにアイは驚いた。アイが時々見かけたデモの参加者は、ほとんど初老の男たちで、シュプレヒコールを叫んではいたが、警察官に先導されながらとぼとぼと車道を歩いている、そんな印象しかなかったのだ。

トラックが何台か、その上には楽器を抱えたバンドマンや、ターンテーブルを操るＤＪとラッパーたちがいた。みんな高揚していた。隣の人と肩を組み、熱心に写真を撮っている者もいたし、外国人の姿も見えた。アイはひとりで来たことを後悔した。アイにチラシを渡してくれたあの若者の姿は見えなかった。見つけられるような人数ではなかった。あの男にもう一度会いたかったのは間違いなかった。ビラを渡して来たのが内海義也に似たあの男でなければ、アイはこんなところには来なかった。

手持ち無沙汰のまま列が動き出したとき、アイの不安は頂点に達した。周囲の人間がアイを敬遠しているように見えた。自分が完全に場違いな気がして、アイは久しぶりに自信を失った。

「プラカードはお持ちですか？」

耳元で声が聞こえた。見ると、若い男がアイを覗きこんでいた。アイは一瞬返事をすることが出来なかったが、彼が英語に切り替える前に、彼の手にあるプラカードに気づいた。それは、義也に似た男性が持っていたチラシと同じデザインの、スタイリッシュなプラカードだった。

「いえ、あの、初めてで。」

「あれ、日本語お上手なんですね。」

そこからのやり取りは、アイも慣れ親しんだものだった。男はアイの出自に興味を持ち、アイにいろいろ質問してきた。デモの音は大きく、顔を近づけないと会話は出来なかった。耳元に口を寄せると、男からは若い汗のにおいがした。

アイは渡されたプラカードを掲げるべきなのか分からず、なんとなく胸の前で持っていた。カードを持った手に汗が滲んだ。

男が少し離れると、違う男や女が次々に話しかけてきた。

「おひとりですか?」

「どこから来たんですか?」

「頑張りましょうね!」

そうしている間にもデモ隊の声は大きくなり、渋谷の街中に響いた。トイレなどは時々あるコンビニで借りたり、商業施設に入っているものを使った。そうして列に戻るたび、共に歩く人間は変わった。喉が渇いて自販機に行こうとすると、もう少し歩くと給水所もあるからと教えてもらった。給水所は本当にあり、50代くらいの女性たちが「がんばってね」と声をかけながら皆にペットボトルの水を配っていた。トイレに入っているとき以外、アイはひとときもひとりではなかった。

「原発反対！」

「原発いらない！」

いつの間にかアイも、声をあげるようになっていた。最初は小さく、段々大きく。そして行進が2時間を超える頃になると、自分でも驚くほど大きな声が出るようになった。

自分がいるのは、見たことのない世界だった。男が、女が、子どもたちが、国を変えるために全力で声を出している。大声を出している。

アイの体に、新しい血液が流れたようだった。それは命の、家族の血液ではなかったが、アイはここにいる皆と、大きなへその緒で繋がっているような、そんな気がした。アイは皆と一緒だった。皆と声をあげ、皆と拳をあげた。

二度目に行ったデモでは、さらに人が増えていた。熱狂は加速し、声が嗄《か》れた。夏がどんどん近づき、デモ隊はさながらフェスのような雰囲気だった。

「原発反対！」

「原発いらない！」

そのとき、アイはまた見知らぬ男に話しかけられた。

「撮っていいですか?」

無精ひげを伸ばし、とろりと眠たそうな目をしたその男は年齢不詳だった。首から大きなカメラを下げているので写真を撮っていいかということだとすぐに分かったが、こんな風に尋ねられたことはなかった。デモ隊は撮影も自由だったし、スピーチを録音するのも自由だったからだ。

「あなたの写真、撮っていいですか?」

今までも何度か写真を撮られているという感覚はあったが、こう改めて断られると、途端に不安になった。

「あの、どこかで使うとか、どこかに載せるとか……。」

アイの不安を察したのだろうか、男は歩きながら笑った。目尻に寄った皺を見て、そんなに若くないことが分かったが、その笑顔はアイの心の何かをとらえた。はっきりと。

「個人的に。」

男はアイの隣を歩いた。たくさんのシュプレヒコールで、アイたちの声はかき消された。だからふたりは、うんと近づいて話さなくてはならなかった。

「え?」

「個人的に、後で見たくて。」

そのとき、列の後ろで「公妨！」と声がした。見ると、警官隊とデモ隊がもみくちゃになっていた。アイたちは大声を上げ、躊躇することなく駆け寄った。家族が傷つけられたような気分になったことに、アイははっとした。


男の名は、佐伯裕《さえきゆう》と言った。

フリーのカメラマンをしていて、今は反原発デモの撮影に熱中していた。そんな人間は山ほどいたが（つまりアイたちはたくさんの写真をカメラマンに撮られていたが）、アイの心をとらえたこの佐伯という男からは、途方もない自由のにおいがした。

佐伯は42歳だった。アイよりもうんと年上だったが、年上の男と対峙しているような気が、アイにはしなかった。少年のように笑い、少年のようにアイを見つめた。つまり佐伯はアイに恋をしたのだと言い、アイもそうだった。

佐伯は世界中のあちこちを旅していた。主に旅雑誌での仕事が多く、それとは別にデモの写真を撮っていた。

「人間を撮るのは苦手なんだけど、デモ行進している人間の顔にだけは、なんだかどうしても惹かれて。」

佐伯はアイに、ベルリン、オスロ、パリなどで撮影したデモの写真を見せてくれた。アイたちが行っている反原発デモのようにミュージシャンがたくさんいるデモもあれば、全裸で歩いている男女もいたし、後頭部からふくらはぎにいたるまで、全身タトゥーを施している人たちもいた。

「変化の渦中にある人の顔。」

佐伯はそう言うと、あの笑顔を見せた。何かを言うとき、それがどんなことであっても照れているように見えるのがこの男の特徴だった。その顔が、アイの心をどうしようもなくとらえた。そして例えばどうして自分に声をかけたのか聞くと、そのときは真顔で、

「タイプだったからに決まってる。」

そうはっきり答える。そんなところもたまらなかった。

ひとりの男性と想いを通じ合わせるのも生まれて初めてのことだったし、ひとりの人間と肌を合わせるのも生まれて初めてのことだった。裸で抱き合うと、こんなにも皮膚のにおいが違うことに驚いたし、体温のあたたかさは信じがたかった。初めて彼の名前を呼んだときは、アイの心が震えた。

「ユウ。」

それは、世界で一番素敵な言葉になった。

アイはもう一度生まれ変わった。一度目のときよりも劇的で鮮やかだった。この変化は、自分で勝ち取ったものなのだった。あのとき、原発の炉心が融解する国に自ら望んで残ったことが、今に繋がっているのだと思えた。つまりユウに会うために自分は日本にいるのだと。

世界のすべてはユウ一色になった。彼の一挙手一投足がアイの行動に影響を与え、アイのからだはユウの存在だけに反応した。ユウの顔を思い浮かべると胸が熱くなり、何に触れてもユウのにおいを感じた。アイは恋をしていた。全身全霊の恋だった。そしてもちろん、アイがこの恋を知ってもらいたいと思うのはただひとりだった。

「アイ！　きゃー！！！　どんな人！！」

画面に映るミナは浅黒く焼け、綺麗に並んだ真っ白な歯を惜しげもなく見せて、アイが申し訳なくなるほど大声ではしゃいでくれた。自分がミナにこんな風に恋人のことを話す日がくるなんて、思ってもいなかった。

画面越しに写真を見せると、ミナは「モテそう！」と叫んだ。その言葉はアイの胸をちくりと刺しながら、嬉しくもさせた。嬉しいのに苦しい、恋が不可解なものであることは、たった数週間だけの関係で経験していた。

ユウは二度の結婚をしていた。それも、同じ女性と。

「若い頃だよ。」

ユウはそう言ったが、彼の過去はもちろんアイを苦しめた。

42歳のユウの初めての恋の相手が自分なわけがなかったが、それでもユウが新鮮な愛情を捧げた女性をアイは自然に憎んだ。若い頃のユウが恋した女性、結婚まで決意させ、離婚した後もまた結婚するような女性は、どんな人なのだろう。その上ユウはその女性との間にふたりの子どもをもうけていた。上の子はもう中学生になるというのだ。

思っても仕方のないことを、アイはいつまでも考え続けた。知らない女性が夢に出てきたりもした。当然勉強は滞り、アイは「優秀な学生」というレールから外れようとしていた。

アイは佐伯裕の名前をインターネットで調べた。自身でやっているホームページの他には、ユウが写真を撮っている雑誌の情報しか出なかったが、アイはそのすべてをチェックし、元妻の気配がないか血眼で調べた。編集者かもしれない。モデルかもしれない。それとも、自分のように「タイプだから」と声をかけられた人間かもしれない。そして最後の可能性が、一番アイの心を炙《あぶ》るのだった。

「アイは考えすぎだよ。大切なのは今なんだから。」

そんなことを相談出来るのもミナだけだった。この離れた場所にいる親友に、アイは改めて心から感謝することが出来た。

「あんまりぐちゃぐちゃ考えてると、相手にも伝わるよ。自由な人なんでしょ？　そんな自由な人がほとんど毎日をアイに使ってるんだから、アイにべたぼれに決まってるじゃん！」

それは本当のことだった。ユウは仕事の合間を縫って、ほとんど毎日アイに会ってくれた。両親の家にユウを呼ぶことは気が引けたから、会うのはユウの家だった。この家に何人の女が来たのだろうと考えないでいることは難しかったが、ユウと会っていると幸福で輪郭が溶けた。一般の42歳がどんな体をしているのか知らなかったが、ユウのしなやかな鹿のような肉体は、アイをたやすく悦ばせたし、アイもその悦びに抵抗しなかった。

「勉強なんて出来ないでしょ？」

いたずらっ子のように笑うミナに、アイは困った顔をしてみせた。確かに四六時中ユウのことを考えているのでは、定理に身が入らないのも仕方のないことだった。

アイは休学を考え始めた。休学届を出せば、最長2年間の猶予が出来る。

修士で卒業するにせよ、博士課程に進むにせよ、今のままではどちらも危うい状態だった。数学科は過酷だ。スムーズに研究職に進める者は稀で、アイが考えるように故意に休学して、2年の猶予を得る者も多い。だが、アイのような留学生が休学した場合、その後日本に滞在出来るかどうかの判断は入国管理局に委ねられていた。

　ユウと離れ離れになることは考えられなかったし、数学を諦めることも難しかった。相変わらず数学に魅せられていたのは本当だったし、何より、そんなアイのことをユウは「セクシー」だと、そう言ってくれたのだ。

「僕の知らないことを知ってるって、すごくセクシーだよ！」

　数学科以外の人間に数学のことを理解してもらうことは、ほぼ不可能だった。だからこそ学生たちは内向するのだったし、アイもそうだった。ミナにさえ、数学の魅力、定理の美しさを説明することはなかったし、しようとも思わなかった。でも、ユウはそれを熱心に知りたがった。

「理解出来なくても知りたいんだ。」

　アイがおそるおそる、時計を見たとき、表示された数字がすべて素数だと嬉しいと話すと、「それはどういうこと？」と目を輝かせた。素数や複素数の説明をすると、細かくメモに取り、「もっと聞かせて」とせがんだ。そういうとき、ユウはまったく少年のようになった。

「分からないなぁ。難しい！　でも、アイがこれを好きなのは分かる気がする。」

「本当？」

「うん。いや、まったく理解出来てないよ、もちろん。でも、そこに美しさがあるのはなんとなく分かる。」

アイは思い切って複素解析の話や位相の話もしてみた。そして想像上の数のことも。

「想像上の数なんて、すごくロマンティックだね！」

ユウがそんな風に言うことが、嬉しくてたまらなかった。すべてを理解していなくても、アイが数学に感じたロマンを、ユウも感じてくれている、そのことが嬉しかった。

「数学者って、美しさを存在させる人たちなんだね。」

数学を何年も勉強、そして研究してきたアイが、ぼんやりと思っていたことを、ユウが言葉にしてくれた。美しさを存在させる。それはまさに自分たちがやっていることだと、アイは思えた。存在していたはずの、でもその存在を認められていなかった美しい何かを認めること、証明すること。

アイが話す数学の話は、度々ユウを混乱させた。「頭がぐちゃぐちゃだよ！」と叫ぶユウは、それでも知ろうとすることをやめなかった。

そして、それはもちろん、アイが今何を考えているかにも及んだ。決して強制はしなかったが、アイが言いよどむといつまでもアイの言葉を待ってくれたし、それでも言葉に出来ないときは、アイの体を抱きしめることでアイを励ました。

アイが思い切って休学のことを打ち明けたときもそうだった。数学科の過酷さを、それでもしがみつきたい数学の魅力を、ユウは呑み込むように理解してくれたし、その先にあるアイの躊躇を見逃さなかった。

「休学すると、何か困ることがあるの？」

アイが恐る恐る、自分のような留学生の待遇を話すと、ユウは黙り込んだ。アイは内心、ユウがそれでもアイに休学を勧めるのではと恐れていた。思い切って休んで、アメリカと日本で遠距離恋愛をしよう、僕はそれでも平気だ、いつでも会えるじゃないかと、自由なユウなら言いそうだったからだ。でも、しばらく考えたユウは、思いがけないことを言った。

「アイ、結婚しよう。」

あまりに突然のプロポーズだった。

「え？」

「僕と結婚すれば、君は日本人の配偶者としてビザを取ることが出来る。いずれは永住権を申請することだって、帰化申請をすることだって出来る。もちろん休学も可能になるし、僕たちはずっと一緒にいられる。だろう？」

ユウは「よいことを思いついた」という顔をしていた。嬉しさより先に、その無邪気さに、アイは傷つけられた。結婚とは、そんな合理的な理由でするものだろうか。しかもこれでは、ユウに結婚し**ても**ら**う**ようなものではないか。

「アイ。」

でも、ユウは、本気だった。

「今君が何を思ってるのか分かる。ビザのために結婚なんて、そう思ってるだろう？　ごめん。花束も指輪もないプロポーズをしてしまった。でも、」

ユウは、アイの瞳をまっすぐ見つめた。

「僕は君といたいんだ。離れるなんて考えられない。」

花束も指輪もないプロポーズは、その言葉でたちまち美しく、尊いものになった。

「結婚しよう。」

それから一週間後、ユウは美しい指輪と赤いダリアの花束を持ってきてくれた。ダリアはアイの部屋で生けられ、驚くほど長い間枯れなかった。

結婚を決めてから、ふたりはお互いの出自を話した。どんな家で育ったか、どんな子ども時代を過ごしたか。あわててお互いの両親に会い、手続きを進めた。あまりにあわただしい日々の中、薬指に光る美しい指輪を見るときだけ、アイは立ち止まり、言いようのない喜びに身を任せた。

ユウはあらゆることを知りたがった。養子縁組の煩雑な手続き、アイの最初の記憶、ニューヨークでの生活、日本に来てどう思ったか。

アメリカ人の父と日本人の母に養子として迎えられたシリア人の自分、という経歴は、もうアイを罪悪の淵に追いやることはなかった。何故ならその経歴こそ尊いのだと、ユウが言ってくれたのだ。

「たったひとりの女性と出逢えたと思えるんだ。この世界でたったひとりの女性に。」

もちろんみんなたったひとりなんだけどね、ユウは恥ずかしそうにそう付け加えた。

だが、ユウの言うことが、アイには分かる気がした。自分がどれほどの奇跡を経てここにいるのかを、ユウは言っているのだ。ミナにそう伝えたように、シリアにいたままなら、もしかしたら自分は死んでいたかもしれない。

シリアは完全な内戦状態となっていた。国連によると、2013年4月の段階で民間人の死者、行方不明者は6万人を超えていた。その混乱に乗じて、テロ組織「イラクのイスラム国」ISIのアブ・バクル・アル＝バグダディが、組織を「イラクとレバントのイスラム国」ISIL、またの名を「イラクとシリアのイスラム国」ISISに改称するとの声明を出した。つまりシリアへの関与を強化すると宣言したのだ。

シリアのことを思うとからだが震えた。どこかに逃れていたかもしれない、命だけは助かっていたかもしれないが、それでもユウとは絶対に出逢えていなかったのだ。

「シリアのことを考えるのは大切なことだし、胸を思う存分痛めていいけど、だからこそ今の自分の状況に感謝しなきゃだめだよ。」

ミナは画面越しに言った。

「命がある状態で好きな人に愛されるなんて奇跡だよ。自分の存在を肯定しないと。」

ミナの言う通りだった。

アイは自分の存在を心から慈しんだ。ユウが「クリムトが描く女性みたいだ」と言った自分のからだを、アイは毎晩鏡で眺めた。くるんとカールしたまつ毛に美容液を塗り、豊かな髪にオイルをすりこみ、おわんのように盛り上がった胸にジャスミンの香水を練りこんだ。ユウはアイを存在させてくれた。アイの美しさを発見し、鮮やかに証明してくれた。

そしてある日、アイは自身の呪いであったあの言葉を思いがけない形で、完璧に克服したのだった。

アイは院のサロンで、数人の院生と共に教授と話していた。何の流れだったか、存在、非存在の話になった。アイが教授に高校時代、数学教師(アテネだ!)から「この世界にアイは存在しません」と聞いた、という話をしたとき、彼は、

「そんなことを言う数学教師はばかだ。」

そう吐き捨てた。一緒にいた院生は首を振り、アイが無駄な話を始めた、というような顔をした。

「それを言うなら負の数だってない。整数だってないよ。ゼロだってインド人が作るまではなかったんだから。でもあるだろ？　ぼんやりあったもの、あった方がいいものを形にするのが数学なんだから。」

今更何を言っているんだお前は、とでも言わんばかりの形相だった。アイもそう思っていた、はっきりと。でもアイはめげなかった。他人の口から、どうしても「それ」を聞きたかった。院生たちのいぶかしげな視線の中で、アイは教授に加えて問うた。

「アイも存在したということですか？」

教授は心底呆れた顔でアイを見た。

「お前、大学で何習ったんだよ。数学科の人間が言う台詞じゃないぞそれ！　あった方が便利ってことかもしれないけど、でも形にしたからにはあるんだよ。それを証明するのが数学者だろうが！」

複素解析論の津島《つしま》というその教授は、普段はとても無口な人だった。学生たちが話しかけても（話しかける者は少なかったが）目を見ず、ほとんど面倒くさそうに最低限のことを答えるだけの人だったが、今、津島ははっきりアイの目を見て言った。

「アイは存在する。」

もちろんアイは、ｉの存在を疑っていたわけではなかった。まがりなりにも数学を志す者として、ｉを存在しないものとするなんてナンセンスだということははっきり理解していたし、それを教授に問うなんて言語道断だと言って良かった。何よりアイは、ユウとの会話の中で、ほとんど確信的に、ｉの存在を信じることが出来るようになっていた。美しい、想像上の数を。

「そうですよね。」

でもアイは、自分を許したかったのだ。自分以外の誰か、それも、自分を愛している誰かではない、ほとんど「世界」に等しい無関係の誰かに「それ」を言ってほしかった。そうすることでやっと、それが事実になるような気がした。自分と共にあった言葉、呪いであり友であったその言葉と、今こそ決別するときだった。

「アイは存在する。」

そこから話は多岐にわたり、-1×-1＝-1と定義する数学体系も存在するという話になった。

「つまり無矛盾に定義可能ということだ。」

「交換法則の成立しない世界においては、虚数が必要ではない数学体系になりますね。」

だがアイはその頃には、教授や院生たちの話を聞いていなかった。

「アイは存在する。」

呪いの友は去った。

アイはいまここに存在する自分自身を簡単に抱きしめることが出来た。ここにいてもいいのだ、という消極的な感慨ではなく、いなくてはいけない存在なのだと健やかに感動することが出来た。

恋というものは、こんなにも強大な力を持っている。

アイはユウによってこの世界に新たに生まれた。新しい命を得たアイはますます輝き、自身を愛した。

11月、フィリピンに台風ヨランダが上陸し、6000人を超える死者を出した。

ダニエルも綾子も、アイの結婚に一切反対しなかった。

「たちまち恋に落ちるのは、ワイルド家の伝統なんだよ!」

かつてのヴァーバル・ダニエルは朗らかにそう笑った。ひとりの人間として親から独立する前に結婚を選んだことは少し気になっているようだったが、それよりも若いうちに鮮やかに伴侶を決定した娘に感嘆しているようだった。

アイが休学のことを報告すると、ダニエルもすぐに数学科の過酷さを理解してくれた。

「新婚生活を思う存分楽しんで、それからまた学業に打ち込めばいい。」

ダニエルはとことんまで、アイに優しかった。何より、ダニエルは自由なユウと、彼の写真を気に入ったのだったし、綾子もユウをたちまち好きになった。

「人柄が顔に出てるわ!」

誰にでも好かれるユウは、少しだけダニエルに似ていた。

デモにはふたりで行くようになっていたが、どこに行ってもユウの周りには人が集まり、皆ユウに写真を撮られたがったり、ユウに軽口を叩いてもらいたがった。誰も彼が自分たちよりも年上なことを気にしなかったし、ユウもそうだった。先輩ヅラをすることなく、かといって過剰な若作りをすることもなく、ユウはいつでも自然体だった。

アイは、ユウのように「どうして?」を何度も口にする大人に会ったことがなかった。

出逢った人出逢った人と、ユウは真摯に話した。そして分からないことがあれば、恥ずかしがることなく素直に聞いた。ユウは知りたがった。理解出来ないことでも、話し合うことを怠らなかった。

そんなユウを、仲間としての好意以上の気持ちで見ている人間がたくさんいるだろうと、アイは思っていた。彼がアイを伴侶として選んでくれたことは何よりの誇りだったが、同時に彼の周りにいる女性たちが気になることには変わりがなかった。

「モテそう！」

そう言ったミナの言葉はアイの耳から離れなかった。アイはお門違いにミナを恨めしく思ったりもした。

結婚が決まったときからふたりは子どもを作ろうと言い合っていた。

そのアイデアはことさらアイを夢中にさせた。ユウのことを愛するあまり時々陥る不安、女性のことや過去のこと、その他たくさんのことに打ち勝つにはその方法しかないように思えたし、アイは何よりユウの子どもが欲しかった。ユウの血を分けた子どもが。

血。

アイは子どもが出来ぬうちから、あのファミリーツリーを思い浮かべていた。自分が属する血液の大木を（目に見える形で）持たなかったアイにとって、ユウと自分から始まる豊饒な木は夢だった。どんな木になるだろう。自分はまだ若い。3人でも4人でも産みたい。いいや、それ以上でも！

アイが母になったら、ユウは仕事をセーブして一緒に育児をしてくれると言っていた。ユウは43歳になっていたが、体力的にまったく問題がないように思えた。肉体の衰えなど感じられなかったし、誰よりユウ本人が「たくさん子どもを作ろう」と、そう言ってくれたのだ。

ユウはきっと、アイが何より家族を望んでいることを知ってくれていた。でも、言葉にして言うことはしなかった。ユウといると、すべてをつまびらかにしなくて良かった。彼は知りたいことはなんだって知りたがったが、アイが躊躇の気配を見せると絶対にそれ以上踏みこんでこなかった。「なんでも話し合うこと」だけが家族ではないのだ。お互いを慮ることが出来る関係を、アイは誇らしく思った。

アイとユウの性交には、快楽を得ること以外の目的が出来た。アイは悦びに体を震わせながら未来の木のことを思った。木はしっかりとした根を持ち、アイの足に優しくまとわりついてきた。

2014年になった。

1月、年末から発生していたエボラ出血熱が西アフリカで猛威をふるった。

2月、ウクライナの首都キエフで、反政権のデモ隊と機動隊が衝突、多数の死者を出した。

3月、クアラルンプールから北京へ向けて飛び立ったマレーシア航空370便が、乗客乗員239人を乗せたまま消息不明になった。18日には、ロシアがクリミア自治共和国を併合、親露派のセルゲイ・アクショーノフが自ら新首相と名乗るようになった。

4月、ナイジェリアのイスラム系反乱組織ボコ・ハラムがチボクにある女子校を襲撃、276人を拉致した。16日には韓国で仁川《インチョン》港から済州島に向かっていたフェリー「セウォル号」が沈没。295人が命を落とした。

5月、トルコの西部マニサ県ソマの炭鉱で大規模な爆発が起こり、爆発そのものや爆発による地下への閉じ込めなどが原因で301人が死亡した。

6月、ISIL、またはISISと組織名を改名したテロ組織が、さらに名前を改めた。IS、イスラム国とされたその組織は29日、アブー・バクル・アル＝バクダディをカリフとする国家樹立を宣言した。

7月、イスラエルの少年3人の誘拐、殺害事件をきっかけに、パレスチナ自治区ガザでイスラム武装組織ハマスとイスラエル軍の衝突が勃発した。衝突は7週間以上続き、

2000人以上の死者を出した。17日には、アムステルダムからクアラルンプールへ飛行中のマレーシア航空17便がウクライナのクレス付近で爆撃を受け墜落。乗員乗客298人がすべて死亡した。

8月、アメリカミズーリ州セントルイス郡ファーガソンで、警官が武器を持たない黒人少年を射殺、暴動が起きた。

9月、メキシコ、ゲレロ州のイグアラで、汚職警官と麻薬組織が大学生43人を殺害したとされ、その後全国規模の暴動に発展した。

その間、アイのからだに新しい命が宿ることはなかった。


結婚して1年ほど経っても子どもが出来ない状態を不妊と呼ぶらしい。

かつては2年だったときもあるというから、期間が短縮されたのは、不妊の夫婦が増えたからだろうか。不妊であるならば、なるべく早くから治療を開始した方がいい。過ぎ去った時間は戻せないからだ。

だが、まだアイは26歳だった。もうすぐ誕生日を迎える、若くて健康的な女性だった。

不妊外来に通うまでの気持ちはなかった。自分はまだ若い。問題があるはずもない、そう思っていたのだし、思いたかった。もしあるとしても自分ではなくてユウだろう。年齢のことに鑑みると、そう考える方が普通であるように思った。ユウがかつてふたりの子をもうけていることはこの際関係がなかった。不妊の原因の半分は男性側にあると、調べたサイトで書いてあったからだ。

2014年が終わりを迎える頃、アイはユウと初めて不妊外来を訪ねた。悩んでいるアイを見かねたユウに促されたのだ。アイは気が進まなかったが、ユウに原因があるならば、医師からはっきり言ってもらった方がいい、そう自分に言いきかせた。

平日の午前中だというのに、待合室は人で溢れていた。アイは言葉を失った。

こんなにも。

子どもを望んで、でも出来ない人間がこんなにもいるのだ。

ユウしか男性を知らないアイだったが、クラスメイトや友人たちは皆、妊娠しないことに注意を払っていた。高校生のとき、生理が遅れていると焦っている上級生を見たし、大学では、どこからともなく中絶をした女子学生の噂が流れてきていた。妊娠というものはだから、どこかで安易なことだと思っていた。でも、違うのだ。

こんなにも。

未知の世界に自分が今いることが信じられなかった。見る限りほとんどがアイより年上に見えたし、中には初老に見える男性もいた。この中では自分が一番若い、アイは自身を励ました。それは歪んだ励ましだったが、アイには必要なことだった。

私はこの人たちのように深刻ではない。時間がないわけでもない。ユウ側の原因が分かって、必要であれば治療してもらい、そうしてあっさり妊娠して、私は母になるのだ。若く、健康な母になるのだ。

拳を握ると、その拳にユウがそっと手を重ねてきた。今までそんなことを考えたことなどなかったのに、彼の手は筋ばって、随分年を取って見えた。

待合室で午前のほとんどを過ごした。気が遠くなるほど待たされた。その間、外来の人数は増え続け、廊下にも人が溢れた。立ったまま数時間待っている人の中に、でも文句を言う人はひとりもいなかった。

診察台に上がると、驚くほど足を広げさせられた。そのまま器具を膣口に当てられたとき、アイの耳にあの声が甦った。

「これで子どもが産めます。」

カタリナの声だった。乱暴にアイの足を広げ、スプーンを押しあてたカタリナ。はっきりと浮かぶのは小さな頃の彼女だ。でも彼女は、きっとたくさんの子を産んでいるだろう。本当の子を。

先に告げられたのはユウの結果だった。精子の運動量が若干低いことはあるが、特別それは問題ではないということだった。首筋が冷たくなった。ということは、アイに問題があるのだ。

「奥様はＰＣＯＳですね。」

「え？」

イニシャルで言われても分からなかった。

「多嚢胞性卵巣症候群《たのうほうせい》です。」

日本語で言われても分からなかった。

「それは、どういう。」

ユウの声が遠くに聞こえた。

「通常、排卵するためには卵胞が育ってゆくんですが、その発育が遅い、または卵巣の表面が固くなって、排卵されないんです。生理周期はどれくらいですか？」

「あの、１ヶ月と、ちょっと……。」

「35日くらい？」

「そ、うですね……。」

「月経周期の遅れはＰＣＯＳの特徴のひとつです。肥満もそうなのですが、奥様はそうではなさそうですね。」

かつて肥満でした、とは言えなかった。言えば医師の言うことが現実になるような気がしたのだ。これは完全な現実だというのに。

「あとは、髭が生えたり、体毛が濃かったりしませんか？　男性ホルモンが原因なんですが。」

体が熱くなった。確かに自分は体毛が濃かった。でもそれは、アイのあずかり知らないシリアの血が流れているからだと、そう思っていた。臍《へそ》の下まであるその濃い陰毛を、ユウは慈しんでくれた。自分たちの性交が覗かれているような気がして、アイは恥ずかしくてならなかった。

「不妊ではよくあることです。」

医師の声は軽やかだった。とても患者に病名を告げている人間の声とは思えなかった。

「まだ20代ですし、大丈夫ですよ。ＰＣＯＳでも自然妊娠される方はたくさんいらっしゃいます。」

アイは、医師が描いた絵を見た。丸い卵巣の中に、排卵されないたくさんの小さな卵子がつまっていた。形の悪いレンコンのように見えた。

すぐに妊娠を望むアイには、排卵誘発剤によって排卵を促す措置が行われることになった。不妊外来に通うことになる。アイにとっては信じられないことだった。まだ26歳の私が。こんなに健康な私が。

外来に通うだけでふさぎこんだ。時々、泣きながら診察室から出てくる女性もいて、思わず目を逸らした。自分の容姿が目立つことを恐れて、アイはいつでもマスクをするようになった。なるべく端の席に座り、誰にも見られないようにした。

この医院には産婦人科が併設されていた。待合室の壁には、

「治療の性質上、お子さまの同伴をお断りさせていただきます。」

そう書いてあった。最初は衛生上のことだろうと思ったが、しばらくして心の問題なのだと気づいた。飢えるほどに子どもを欲しがっている人たちの、その心に配慮しているのだと。

基礎体温をつけ始めた。低温期と高温期のラインがガタガタだった。排卵していない証拠のような気がして、胸が苦しくなった。体を徹底的に温めるようにした。筋肉をつけると体温が上がると聞き、ジムに通うようになり、サウナにも行った。妊娠にいいと聞いた食べ物は積極的に食べるようにし、治療には関係がないのに、体毛を丁寧に剃った。

ミナにはすべてを打ち明けていた。

子どもを作ろうとしていること、ＰＣＯＳであること、治療の憂鬱でうまく笑えないこ

と。ミナは未だにアイが結婚式をしなかったことを拗《す》ねていたが（「ブライズメイドやりたかったのに！」）、アイの現状に耳を傾け、冷静でフラットな意見をくれた。

「私なりに調べてみたけど、ＰＣＯＳって本当に多いみたいだし、その先生が言うように自然妊娠だって可能なんだから、そんなに気にすることないよ。」

ミナは画面越しにじっとアイを見ていた。テラスで話しているらしく、ミナの背後にはカリフォルニアのばかみたいに青い空が広がっていた。ミナはロスアンゼルスに行ってから、全く日焼けを気にしなくなった。

「問題はさ、あんたがどうしてそんなに子どもを欲しがっているのかってことだよね。」

ミナはそう言うと、手にしたボトルから透明な液体を飲んだ。ココナッツウォーターにはまっているのだと、そういえば先日言っていた。ボトルには緑のココナッツが描かれ、いかにも「健康的な飲み物」という感じがした。

「どうしてって……。佐伯さんとも話して……。」

「佐伯さんに言われたから欲しいわけ？　今すぐに妊娠する必要はなくない？　まだ26歳なんだよ？」

アイはすでに体外受精を決意していた。人工授精だと、排卵期が確定しにくいＰＣＯＳでは失敗も多いからだ。その頃には、アイに躊躇はなかった。確実な方法で妊娠したかった。アイは子どもが欲しかった。どうしても欲しかった。

　でもミナは、アイのそんな気持ちが理解出来ないようだった。

「こんな若いうちから体外受精にお金をかけるより、佐伯さんとふたりの時間を楽しんで、体を整えて、それでいつか自然に妊娠出来るのを待ったほうがいいんじゃないの？」

　確かにユウも、体外受精をすることには反対だった。そこまでする必要はない、彼はそう言った。おおむねミナと同じ意見だった。ゆっくり時間をかけて治して、体調が整ったらまた子作りすればいい、それまではふたりの時間を楽しめばいいではないか。僕たちは結婚してまだ2年しか経っていないのだから。でもユウは、それ以上のことは言わなかった。やはりアイの気持ちを分かっているからだったし、アイの気持ちを完全に尊重したいと考えるほどに、アイを愛してくれていたからだ。

「佐伯さんも、だって、もう、44歳だもん。」

　今はユウが年上であることに、むしろホッとしていた。それを理由に子作りを急げることに。

「それはそうだけど、問題なかったんでしょ？　そんな切羽詰まってんの？」

「切羽詰まってるっていうか……。」

「言っておくけどね、アイ。責めてるわけじゃないんだからね。ほら、私のセクシュアリティでは分からないこともあるし。ミラは欲しがってるんだけど。」

ミナとミラは一緒に暮らし、生活のほとんどを共有していた（「サーフィン以外はね」）。何度か画面越しに話したことがあったが、耳の下まで切った髪も、睫毛もすべてほとんど白に近い金髪で、目は空よりも青いセルリアンブルー、ミナの言う通り、一見すると美しい猫のような人だった。もの静かでシャイで、ミナとはおよそ真逆の人間だったが、それがいいのだと、ミナは言った。

「ミナはどうするの？」

「まあ、誰かから精子をもらって妊娠するって手もあるけど、私は嫌だな。それだったら養子でいい。」

養子でいい、という言い方に引っかかった。でも言わなかった。

アイもミナも、もはやお互いに気を遣うような仲ではないはずだった。離れていた数年間、画面を通してふたりは友情をこれ以上ないほど深めていた。だがそれでも、どうしてもミナに対して引っかかる想いを、そのまま素直に告げることが出来ない瞬間があった。

何よりアイは、子を望む本当の理由を、ミナに話していなかった。

自分の子ども。自分のファミリーツリーを形作る、血を分けた本当の子どもが欲しいのだ、とは。そんなことを言ったら、自分自身を否定することになるし、ミナの両親を肯定することになるからだ。アイは自分の焦りが普通とは違うことが分かっていた。もしかしたら、ミナもそれに気づいていたのかもしれなかったが、自らすすんで言わない限り、ミナはいつまでもアイの気持ちを待っていてくれる人だった。つまりミナも、ユウと同じように、アイのことを愛してくれていた。

「ミラは元気なの？」

「ああ、うん。元気。最近はずっとデモ行ってるよ。」

ロシアがクリミア自治共和国を併合したことに反対するデモに、ミラは参加していた。アメリカ生まれ、アメリカ育ちでも、行ったことのない祖国を思い続けるミラに、アイはおかしな引け目を感じていた。クリミアと同じように、自身の「祖国」でも悲劇は起こり続けているのに、自分は何の行動も起こしていなかった。

２０１５年１月１日の段階で、在イギリスのＮＧＯ、シリア人権監視団は、シリアでの内戦の死者数を７万６０２１人と発表していた。その中で約１万８０００人が民間人だという。遡って２０１４年９月、国家樹立を宣言したＩＳがシリア北部、トルコと国境を接する街コバニを支配下に置くことを目的に戦闘を起こした。コバニを拠点としていたクルド人約20万人が避難を余儀なくされ、戦闘は年明けまで続けられた。

アイは見たくなかった、知りたくなかった。万を超す死者、避難民は、アイの想像のキャパシティーを超えていた。ずっと死者をノートに書き続けてきたというのに、その行為には慣れていたはずなのに、死者の数には、それがたとえ少数でも震えた。最近は特に顕著だった。自身の環境の変化が大いに関係しているはずだと、アイは思っていた。アイはなるべく、シリアのニュースから距離を置きたかったし、実際そうした。ストレスは妊娠の最大の敵だと、どこかに書いてあったのだ。

反原発のデモにも、足が向かなくなった。ユウは相変わらず熱心に写真を撮りに行っているようだったが、一、二度行かなくなると、行かなかったことの罪悪感で、また足が遠のいた。皆こまめに連絡をくれたが、催促などしなかったし、アイをそっとしておいてくれた。だが、その優しい配慮が苦しかった。

ユウがいつか、シリアの現状を知った皆が、アイのことを心配していたという話をしていた。その話もアイを苦しめた。シリアの現状を嘆くべき自分が、自分のからだのことばかり心配している。その傲慢さを皆に見抜かれているような気がした。「シリアのことを悲しんでいない自分」を、非難されているような、そんな気が。

「来月ニューヨークに行くんだ！」

ミナは話を変えた。これ以上アイを追いつめるのをやめようと決意したようだった。そういう気遣いをしてくれるミナに、アイは心から感謝した。ミナはいつだって鮮やかなやり方で、アイを明るい場所へ連れて行ってくれるのだ。

「ニューヨーク？　いいね。遊びに行くの？」

「そうだね、ほとんど遊び。でも、昆布茶《こぶ》の展開出来ないかなって、リサーチも兼ねようと思って。」

最近ミナは、ロスアンゼルスで昆布茶の販売をしていた。実家のこんぶ屋の、海外での展開だった。ロスアンゼルスの健康ブームに乗って、「ＫＯＢＵ」は徐々に人気が出てきているようだった。アイも送ってもらったが、お洒落なパッケージと、少しフルーツの甘みを加えたその飲み物は、確かにストイックな健康志向の人に受けそうな気がした。

「こっちでは結構売れててさ。」

あれだけ嫌がっていた家業に手を貸していることを、初めミナは照れていた。でもやがて、仕事の面白さに目覚めたようで、今ではいっぱしの営業部長になっていた。

「アイも来ない？　ご両親いるんでしょ？　気分転換にもなるじゃん。」

ミナの誘いは魅力的だったが、今治療から離れるのは嫌だった。タイミングを逃すと、次にいつ妊娠のチャンスが訪れるか分からないのだ。不妊治療を始めて、アイは改めて自分のからだの不思議さ、ままならなさを実感していた。どれだけからだに気をつけていても、基礎体温にばらつきが出て、排卵が定まらない。

「うーん、私はいいかな。」

ミナはしばらく黙った。何か言いたげだったが、言うのをやめたようだった。

「あの、パパとママに会ってあげてよ。」

アイも話を戻さないようにした。

「ほんと？　私も会いたい！　連絡しても大丈夫かな？」

「もちろん大丈夫だよ、絶対に喜ぶよ。ふたりともよくミナの話をするもん。」

「うそー、嬉しい！」

「ミラも一緒に行くの？」

「ううん、私だけだよ。ミラはニューヨークが嫌いなんだってさ。」

それからしばらく話して、スカイプを終えた。ミナに「本当の理由」を言わなかったことは、アイの心にいつまでもつかえた。


3月に採卵が行われた。

低刺激法で4つの卵子が採れた。それにユウの精子を注入して、受精させる。受精が完了したら、細胞が分裂するのを待ち、そこから子宮に戻すのだ。

ユウは優しかった。絶対に無理をしないでくれと言ってくれるし、そもそもアイのからだに負担のかかる治療に反対していた。それでもアイがやりたいと望むことを認めてくれ、ユウは協力的だった。からだにも気を遣い、アイを医院まで送り、家に戻ると食事を作ってくれていた。だが、筋肉に注射をしているとき、クロミッドの副作用に苦しんでいるとき、採卵の信じられない痛みに耐えているとき、アイはユウが男であるというただそれだけで彼を憎んでしまうのだった。

これがあと数年も続く、長期間の不妊治療というのは、どれほど過酷なことなのだろう。アイは待合室でじっと待っているたくさんの女たちの顔を思い浮かべた。一度で成功する人などほとんどいないと聞いた。インターネットを見ていると、何年も治療を続けている人のブログをいくつも発見出来た。かたややすやすと妊娠する女がいる中で、こんなにも苦労している女がいることを、数ヶ月前の自分も全く知らなかった。診察室から出てきた痩せた女性の目に浮かんでいた涙を、アイは痛みと共に思い出した。

4つのうち受精出来たのはみっつ、そのうちのひとつを移植した。落胆するのが怖かったので、一度でうまくいくわけはない、そう自分に言い聞かせた。でももちろん、自分の若さに期待することはやめられなかった。

だから4月のある日、検査薬に現れた青いラインを見て、アイは我を忘れた。

妊娠した！　体外受精まで進んでいることを忘れて、アイは自身のからだを大声で褒めてあげたくなった。鬱々としていた気持ちは台風が去ったように霧散し、かつてない多幸感で息が詰まりそうになった。

ユウもアイの妊娠を心から喜んでくれた。目尻に涙が浮かんでいるのを見て、一瞬でも彼を憎んだ自分はどうかしていたと思った。私は最高のパートナーを持っているし、私はきっと世界一幸せだ。

世界一幸せ。

自分がそう屈託なく思っていることに驚いた。「幸せになること」、ましてや「世界一幸せ」になるということは、アイがいつも恐れていたことだった。心のどこかでは幸せを、安寧を望んでいる癖に、それがゆきすぎるとひるんでしまう。それがかつてのアイだった。世界中で起こっている不幸を恐れ、その中で自分は「免れた」と感じ、己の恵まれた、与えられた幸福を、いつだって恥じてきた。でも今、アイは手に入れられる幸福をすべてまとっていた。幸福の色彩に触れ、においを嗅ぎ、喜びにむせ返った。

腹を触ってもまだそこは平らだ。生きものの気配はない。でもそこには間違いなくアイの子がいる。アイと血液で繋がった、生きものの原形がいるのだ。

血。

アイは残したかった。自身の血を分けた生命を、この世界に。

自分が生きてきたのはこのためだったのだ。自分のからだの中に命が宿る、この奇跡を経験するために自分はこの世に生を受け、生きてきたのだ。

アイは自身の生まれた理由を知りたかった。ずっと知りたかった。誰かの幸福を踏みにじり、押しのけてまで自分が生まれた理由を知りたかった。その理由がここにある。まだ数センチにも満たない命の始まりが、私がこの世界にいるための証なのだ。

私はこの世界にいていいのだ！

アイはそれから、何度も何度も腹を撫でた。アイの掌は、まだ見ぬ生きものの気配を、しっかりととらえていた。

3

器具を膣に入れられた。

手術の前に、子宮口を柔らかく、広くするためだ。

「ちょっと子宮の先をつまみますよ。」

カーテンの向こうから医師の声がする。その途端、あまりの痛みにのけぞった。経験したことのないその痛みは、それが終わりではなかった。膣をこすられたとき、知らない声が出た。怪物がうめくような声だった。

そのまま院内の個室で数時間横になって、手術台に連れてゆかれた。手術着の下は裸で、少し寒かった。手術台に上がり、大きく足を開く。診察のたびに散々足を広げてきた。でも、未だにこの姿勢には慣れなかった。自分の性器を明るみに出す瞬間、いつも自分が動物になったような気がした。

「これで子どもが産めます。」

嘘つき。

そう思った。幼いカタリナに、アイはそう言った。嘘つき、嘘つき、嘘つき。自分が今このような状況にあるのは、カタリナの呪いのような気すらした。幼い頃、カタリナに足を開かされたあの瞬間から、自分の運命は決まっていたのではないか、そんな風に思った。

でも、どうして？

アイは問うた。目の前に立っている幼いカタリナは、アイをじっと睨んでいる。その目は憎しみに満ちている。

看護師がふたり、アイの周りをテキパキと動いた。アイの腕を取り、血圧を測る。もうひとりが点滴の用意をし、アイの腕に針を刺す。そうしている間に酸素マスクをかぶせられ、たちまち目の前が曇った。泣くまいと思っても、涙が流れる。

もう死んでしまった子との別れは、１週間前にあった。

順調に進んでいた妊娠は、11週目で終わりを告げた。

毎週エコーで見る命は、確実に成長していた。不相応に大きな心臓を震わせ、その鼓動のたびにアイを涙ぐませた。

「内臓や手足が、そろそろ人間らしくなってくる頃です。」

医師もそう言っていたし、実際鳥のひなのようだった胎児が、人間の形を成し、時々背中を大きく伸ばす姿も見えた。エコー写真を飾り、毎日眺めた。オーソドックスなつわりにはならなかったが、時々驚くほど眠くなった。ベッドで眠っているアイを、ユウが優しくからかった。そのときもアイは、「今私は世界一幸せだ」と思った。屈託なく、本気でそう思った。

心拍が確認出来ない、と言われた。

頭から冷水を浴びせられたようだった。目の前が暗くなり、こめかみから汗が流れた。器具で膣をかきまわされ、痛みにうめいても、頭上にあるエコーには、確かに動くものは見当たらなかった。1週間前はあんなに元気に鳴っていた心臓が、どこにも。

「成長していないようです。」

カーテン越しに医師が言った。淡々としていた。まるで天気の話をしているみたいに。

どうして？

カタリナの憎悪は際限がない。その視線でアイの体を締めつけ、アイの呼吸を止めようとする。幼い、痩せた黒ヒョウのようなカタリナ。

どうして私はあなたに恨まれないといけないの？　私の両親はあなたの母を助けていたというのに。

助けていた？

私の両親は。

でも、クビにした。

それはあなたの母が、盗んだから。

あたしたちはずっとビンボーだった。あたしはあんたの家にあるようなおもちゃを見たことがなかった。あんたの家にあるような服を見たことがなかった。あんたの家にあるようなお菓子を見たことがなかった。

でもそれは。

あんたのせいじゃないって言うの？

私の。

あんたはそうやって、いつも逃げていた。あたしたちに申し訳ないって顔をして、憐れんで、でも自分は悪くないって。その上、あんたの両親があたしの母ちゃんを助けていた、なんて言う。

アイは目をつむった。こんな状況でも自分を責めなくてはいけない。悪いのは自分だと、そう思わなくてはいけない。

「あなたたちの人生から、私は、私たちは、とっくにいなくなっていたはずです。」

涙が止まらないのに、その涙を認めてはいけない。

「手術をしないと。」

医師が言った。アイにはまだしなければいけないことがあった。

「3日後に来てください。」

死んだ胎児を、腹の中から掻きだすのだ。

すべての色彩が視界から去り、音楽は止まった。

視界はまだ曇っている。両の目からとめどなく涙が溢れた。ひとりの看護師がティッシュで涙を拭ってくれた。ごめんなさい、と言うと、辛いね、と言われた。優しくされたいのか、放っておいてほしいのか分からなかった。アイのからだは震え、寒くないかと何度も聞かれた。

あんたのせいじゃないって言うの？

やがて麻酔が打たれた。管を通って、透明な液体が体内に入って来た。数を数えてくださいと言われ、いち、に、そう言っているうちに眠くなった。まぶたが重くなり、開かなくなり、そのときはっきり、あの声を聞いた。

「この世界にアイは存在しません。」

それから先は、覚えていない。

冷たい沼の底にいるような日々だった。

アイは家から出ず、食べ物も飲み物もほとんど口にしない数日を過ごした。ベッドに潜り込み、ただただ泣き続けた。しばらく出血は止まらず、トイレに立つたびに立ちくらみがした。自分はまったく老婆のようになってしまったと、アイは思った。

綾子にもダニエルにもミナにも、妊娠のことは告げていなかった。安定期に入るまでは報告をしない方がいいと、育児書に書いてあったからだ。安定期まで、あと1ヶ月ほどだった。カレンダーにしるしをつけ、両親に、そしてミナに報告するところを何度も想像した。何度も。

アイは指折り日を数えた。早くその日が来ますように、無事に子どもが生まれてきますように。そう毎日祈った。祈る神はバラバラだったが、なんだって良かった。この子が無事に生まれてきさえすれば。でも、安定期がやって来る前に、子どもは死んでしまった。

流産というものがあるのは知っていた。

それがよく起こることも知っていたし、中絶をした同級生が後に結婚し、また新たな子をもうけたと聞いた。でも、まだ見ぬ、人間の形を成さない胎児との別れがこんなにも辛く、悲しいものだとは思わなかった。こんな悲劇が、この世界にあることを知らなかった。知りたくなかった。

知らないことを罪悪だと思ってきた。自分の悲劇、世界中で起こっている悲劇に目をつむること、耳をふさぐことは幸福な人間の怠慢で、おぞましい罪悪だと思ってきた。でも知りたくなかった。自分に起こったことがこんなに苦しかった。ずっと「免れた」と思っていた自分に起こったことが、こんなにも。

震災のとき、東京に残ることで、何かを摑もうとしていた自分を殴りたかった。そんなもので選ばれた側に立とうとしていた傲慢な自分を、絶対に許せなかった。みんな避けたいのだ、逃れたいのだ、選ばれたくないのだ。あの日、東京を襲った震度5の揺れの最中、大きな家でアイは叫んだのだ。「助けて」と。そのことを、ずっと忘れていた。渦中になんていたくない。選ばれたくなんてない。

助けて。助けて。助けて。

涙が止まらなかった。でもやがてその涙も涸れた。自分のからだが墓場になったようだった。空っぽの、朽ちた墓場に。

「この世界にアイは存在しません。」

両親やミナには、メールで連絡を取るようにした。顔を見ると泣いてしまうからだ。妊娠も隠していたのだ、流産の事実は言わないでおこうと決めていた。散々心配をかけた大切な人たちを、これ以上悲しめたくなかった。この悲しみはひとりで背負わなければ、そう決意した。

もちろんユウも、アイと共に悲しんでくれた人だった。アイ以外にこの世界でただひとり、子どもの死を悲しんでくれた人だった。ユウはアイと共に泣き、アイに謝った。

「ひとりだけ頑張らせてごめん。」

もちろん彼は悪くなかった。何も。

ユウは「次もある」だとか、「また頑張ろう」という類のことは言わなかった。言われたらきっと苦しかったその言葉を、一切言わないでいてくれた。これ以上望めないパートナーだと心から思ったが、それでもふたりの子どもを持つユウが、自分と同じ熱量で苦しんでいるとはどうしても思えなかった。そしてやはり、ユウが男であるというそれだけで、彼のことを憎んでしまう一瞬があった。世界中の男たちに、一度でもあの診察台に上がってほしかった。大きく足を開かされ、器具をからだに突っ込まれて、死んだ子どもを掻きだされてほしかった。

助けて。

これが渦中にいるということなら、こんな経験はしたくなかった。

カタリナもそう思っていたのだろうか。アイに対して。

この境遇を一度でも体験してみろ。

世界中の、いわれのない悲劇に見舞われた人たちは、皆こう思っていたのだろうか。

この悲劇を、一度でも体験してみろ。

アイは毎日夢を見た。いい夢などひとつもなかった。

7月16日、衆議院本会議で安保法案が可決、各地で反対のデモが行われた。

ユウはカメラを持ってあらゆる場所に出かけていった。アイにとってはありがたかった。

ひとりになれるからだ。テレビを見ていなかったから、自分が世界に、この激動する世界にいることが、信じられなかった。あるいはやはり、自分はこの世界にいないのかもしれない。

「この世界にアイは存在しません。」

その声は、はっきり自分の中にあった。甦った。

「この世界にアイは存在しません。」


黒いノートを開く。

高校生の、今と変わらない、でもどこか幼げにも見える文字が並んでいる。世界中で起こった様々な悲劇と、その悲劇に巻き込まれた死者の数。

アイは新しいページを開き、猛然とペンを走らせる。ずっと書いていなかった死者を、その数を、彼らがどんな風に死んだかを書く。

彼らは死の直前まで、自分にそれが訪れることを信じられなかっただろう。確固たる理由もなく、でも何かに選ばれて、彼らは死んだのだ。

流産後、少しでも救いが欲しくて、狂ったようにインターネットを見た。流産の苦しさを綴《つづ》ったものは山のようにあった。前向きに書いている人もいたし、とにかく胎児に感謝を告げるものもあったし、その人のその後が不安になるほど自暴自棄になっているものもあったが、そのどれにも共通していたもの、様々に装飾された文章のその根底にあったものは、「どうして?」という気持ちだった。

どうして?

どうしてなの?

健康な母体、健康な受精卵でもだめになる。生活に最大限気をつけ、慎重に日々を過ごしていてもだめになる。妊婦のせいではない、胎児が生きられなかっただけだということは分かっていたが、だからこそ「どうして?」は強くなった。

どうして?

ペンがかすれた。アイは迷うことなくそれを捨て、新しいペンを手に取った。インターネットでは、簡単に死に出逢うことが出来た。見逃してきた死、見過ごしてきた死が、そこには数限りなくあった。

何百人、何千人、何万人の死者は、かたまりではない。そのひとりひとりに人生があり、そのひとりひとりに死があったのだ。ペンが進むことが怖い、それでも書くことをやめられない。時々吐きそうになるが、それが手術の影響なのか、自分が今していることによるものなのかは分からない。出血はまだ止まらない。

プラハには、ナチスに殺戮《さつりく》されたユダヤ人の名前が壁中に書かれたシナゴーグがあるという。ダニエルと綾子が若い頃、そこを訪れたと言っていた。美しい建物の内部には、無機質な字で、びっしりと名前が書かれていて、壁には亡くなった子どもたちが描いた絵が飾られているそうだ。

ダニエルと綾子は、アウシュビッツを始めとする収容所、アンネの隠れ家や殺害されたユダヤ人の墓を訪ねたと言っていた。言葉にならない景色を見て、実際言葉をなくし、でも一番忘れられないのがそのシナゴーグだと、ダニエルは言った。

「ただ、名前が書かれているんだ。ひとりひとりの名前が。中には僕と同じ苗字の人もいる。ワイルド。でもそれは僕じゃなかった。」

ダニエルはそう言って、涙を流した。彼が泣くのを見たのは、それ一度きりだった。強い父が。強い人間が。

「僕じゃなかったんだ。」

ダニエルの話を聞くには、アイは幼すぎた。アンネという少女がいたこと、その女の子が収容所で亡くなったこと、その子が残した日記、それだけで少女だったアイは胸が潰れそうだった。

世界で一番有名な残虐行為の犠牲になった人たちの、その名前は、今もただそこにあるのだろう。それを見るとき、自分は何を思うだろう。そして今、パレスチナで、アフガニスタンで、そしてシリアで死んでいる者たちの、その名を刻む場所はあるのだろうか。墓地さえ与えられない死者たちは、どこで眠るのだろうか。

今こうやってノートに書いている死者の、その性別すら自分は知らない。

「この世界にアイは存在しません。」


スーパーに行くと、寒いくらいの冷房がかかっていた。

数日前から急に暑くなり、アイも夏服をあわてて引っ張り出した。でもスーパーの冷房はきつすぎて、生鮮食品売り場では鳥肌が立った。

晩御飯の材料を買いに来たのだったが、自分が何を食べたいのか分からなかった。数週間前は母体にいいものをと、小魚や野菜をじっくり選んで買っていたのに、今はそんなことはしなくていいのだった。ユウは2日前から雑誌の取材で長野に行っていた。「すごく寒い」とメールが来ていた。ユウがいないと、アイは途端に怠惰に身を任せた。

トマトの缶詰、そうめん、牛乳、目についたものを適当にカートに放り込んだ。レシピなんて考えられなかった。ヨーグルト、スライスチーズ、ソーセージ。

「あら。」

すれ違った老婆が、驚いた声をあげた。

「はあ、あら、はあ。」

少し呆けているのだろうか。彼女からは、尿と何かが混じったにおいがした。真っ白い髪はぼさぼさで、夏なのに毛玉だらけのカーディガンを着ている。足下は素足だ。明らかに大きすぎる男性用スリッパをはいて、派手な花柄の杖をついている。アイは目を逸らした。逸らしても、老婆がじっと自分を見ているのは分かった。奇異なものを見る目。未知のものを見る目。

自身の容姿を見て驚かれたのは久しぶりだった。

自分がイスラム系と思われているのか、それとも他の国の人間だと思われているのかは分からなかった。でも絶対に同じ国の人間とは思われていないだろう。

長らくそんなことを考えずに済んでいたのに、ここへ来てこんな想いをしなければいけないことに腹が立った。カートを投げ出しそうになった。

怒りのままに振り返ると、老婆はまだこちらを見ていた。

「はあ。あら。」

聞こえなくても、そう言っているのが分かった。周囲の人間は、老婆を避けるように歩いている。何ごともなかったようにカートに商品を入れ、嫌なにおいのする老婆なんて、そこにいないかのようだ。

「この世界にアイは存在しません。」

思いがけず泣き出しそうになった。何に対してか分からなかった。怒りは去り、あとは形容出来ない、大きな悲しみだけがあった。アイはしばらく、老婆と見つめ合った。そしてその老婆の左目が、白く濁っていることを確認して、その場を去った。

レジに並んでいると、レジ前に置かれているスナック菓子がどうしても食べたくなった。迷わずカートに入れ、会計を済ませた。バッグを持参していなかったので、レジ袋をもらった。外に出て、我慢出来なくなってスナック菓子を開けた。口に頬張ると、声が出そうになるくらい美味しかった。

アイは立ったままスナック菓子を食べ続けた。安定が悪かったのか、地面に置いた袋が倒れ、中からトマトの缶詰が転がり出た。アイはそれを追わなかった。誰にも声をかけられなかった。誰も自分を見なかった。あの老婆でさえ、アイの前にはもう姿を現さなかった。

ミナが泣きながら連絡をしてきたのは、やはり夕食をさぼって、スナック菓子をむさぼっていた夜だった。

スカイプ上とはいえ、久しぶりに顔を見たような気がした。ずっと（と言っても数週間だが。数週間でも久しぶりだと思えるほど、ふたりは頻繁に連絡を取り合っていたのだ）メールでやり取りをしていたから、久しぶりではなかったのかもしれないが、「元気だ」と嘘をついていたから、長らくミナには会っていないような気がしていた。

ミナもそういえば、最近メールでしか連絡をしてこなかった。自分もそうだったから気に留めていなかったが、忙しかったのか、それとも他に理由があったのか。

「ミラが出て行ったの。」

どうやら後者のようだった。

ふたりが一緒に暮らし始めて、もう2年になるだろう。カリフォルニアでは同性婚が認められていたし、ふたりはまだそれを選択していなかったが、アイは事実上彼女たちを夫婦と認識していた。

「喧嘩したの？」

アイは少しずつ落ち着きを取り戻しつつあった。カレンダーに書かれてあった出産予定日を消すときには涙を流したが、それ以外で泣くことはほとんどなくなった。ただ、自身のからだが墓場であること、それも、空っぽの墓場であるという感覚は消えなかった。

「違うの。数週間前から、ずっと話し合っていて。」

ミナはずっと苦しんでいたのだ。自身の悲劇にからだを染めていたとはいえ、大切な親友の苦しみに気づいてやれなかったことを、アイは心から悔いた。

「3日前に出て行ったの。」

「3日前？」

この3日間ミナからのメールはなかった。すぐに連絡してくれなかったことが歯がゆかった。どうやって三度の夜を過ごしたのだろう。画面の向こうのミナは頬がこけ、はっきりと分かる隈が出来ていた。

「別れたわけではない、と思う。そう思いたい。ただ距離を置きたいって、ひとりで考えたいって。」

「どうして連絡くれなかったの。」

「……。」

ミナは黙ってすすり泣いていた。恋人と別れると、いつだって真っ先に連絡をくれた。アイの前で盛大に泣き、盛大に悲しんで、そうして最後には笑っている、そんなミナだった。あるいはそれはミラとの関係の深さの表れかもしれなかったが、今のミナは少しおかしかった。

「……アイ。軽蔑しないで聞いてほしいの。」

もちろんそのつもりだった。

ミナはいつだって自分の言うことに耳を傾けてくれた。まっすぐな目でアイを見て、アイの言うことをすべて受け止めてくれた。社会に照らし合わせたジャッジを絶対にしなかったし、非難もしなかった。「親友だから」というそれだけの理由で、いつもアイの側に立ってくれた。

「しないよ。もちろん。どうしたの？　話して。」

でも、アイの決意はあっさり覆されることになった。

咄嗟に手を腹に当てた。自分がやったことが滑稽で、それだけで泣き出しそうになった。

「妊娠したの。」

離した手は行き場をなくし、アイはその手を握りしめた。

「妊娠？」

アイははっきりと取り乱した。ミナのセクシュアリティのこと、自身の流産のこと、いろいろなことが入り混じり、混乱して、結局どれも摑めなかった。

「どういうこと？」

自分の声に、すでに非難の気配がしていることに、アイは気づいていた。でも止められなかった。軽蔑しないに決まっていると思っていた。大切な、誰より大切な親友が、たとえ罪を犯そうと、自分は彼女の味方でいようと思っていた。本当だ。でも、そんな決意がたった数秒で覆される。

「妊娠って、ミナ……。」

ミナの大きな目から、涙が溢れた。

「今アイが、子どもが欲しくて頑張ってることも知ってる。苦しんでることも知ってる、だから、言えなかった。言うべきじゃないと思った。でも、ミラがいなくなって、ひとりで、寂しくて、どうしようもなくて、話を聞いてほしいのは、顔が見たいのはアイだったの。アイしかいないと思ったの。」

こんなに頼りないミナを見たのは初めてだった。ミナはまるで小さな子どものようだった。誰かに庇護されないと倒れてしまう、頼りない動物のようだった。自分が一番ミナを支えないといけないこの瞬間、でもアイはすでにそれが出来ないだろうと思っていた。

「ミナはレズビアンでしょう。」

自分の一言が、ミナを傷つけることは分かっていた。もっとかけるべき言葉があるはずだった。でも止められなかった。

「男と浮気したっていうこと？」

ミナがアイを見た。はっきりと傷ついた顔をしていた。覚悟を決めると、ミナは潔かった。いつもそうだ。深いまばたきをして、ゆっくり話し始めた。

ニューヨークで出逢った男性らしかった。アイの両親に会うと言っていたあのニューヨークで。

ミナはもちろん自身のセクシュアリティを確信していた。ミラへの愛も揺るがなかった。でもその男には惹かれた。結果ニューヨークに滞在している間ずっと一緒にいることになった。裏切っている、という感覚はなかったのだそうだ。ミラという大切な人がいることと、その男と一緒にいることが乖離《かいり》しなかった。その男が、「他とは違った」からだという。

「どう違ったの？　何が違うわけ？」

ミナが洟《はな》をすすった。アメリカでは下品な行為のはずだった。だからミナは今きっと、完全に日本人として自分と対峙しているのだ、そんな風におかしなことを思った。

「アイ、覚えてるかな。」

「何を？」

「高校のとき、ジャズミュージシャンになるって言って、騒がれた子いたよね。」

心臓が嫌な音を立てた。

　忘れるはずもなかった。内海義也、アイの初恋の人。ミナは内海義也と関係を持ったと言っているのだろうか。彼の子をみごもったと？

「彼がニューヨークにいるのは知ってたの。彼が演奏する夜があったから、見に行ったの。懐かしくて、本当に。彼は私のことを覚えていなかったけど、高校の話をしたら思い出してくれて。」

　懐かしかったと、ミナは何度も繰り返した。男女の恋ではなく、懐かしさが体温になって、それで肌を合わせたのだと言った。男女で性交をするのは初めてだったとも言った。それが思ったよりも素敵なことだったとも。

「それが裏切りじゃないっていうの？」

　自分はまるで被害者のような口の利き方をしている、アイはそう思った。でも止められなかった。

「説明が難しいの。本当に、ただ懐かしくて。高校生の頃のこととか、いろいろ思い出して、お互いアメリカで暮らして、時々寂しいときがあるよね、って、そういう話をして。すごく自然だった。あんなに自然に体を合わせることが出来ることが不思議だった。それも、男の人と。」

理解しなければ。アイは拳に力をこめた。

内海義也が自分の初恋の人だったことを、ミナは知らない。そして自分は今、ユウという素晴らしいパートナーに恵まれている。ミナは親友だ。ミラという恋人がいても、ミナの自由な恋愛はミナのものだし、ミナのセクシュアリティは世界に対して拘束されたものではない。でも。

「アイ。」

ミナが息を吸った。

「中絶しようと思ってるの。」

無理だ。

そう思った。

ミナを理解することは自分には無理だ。拳をほどき、アイは目を伏せた。力を入れていないのにからだが震えているのは、怒りからだ。アイははっきり怒っていた。

「中絶?」

「内海君としたことは私にとって、限りなく恋に近いものだったけどそうではなかった。もっと穏やかな、友情の一端だった。私はミラを愛している。考えなしにミラを裏切ったことになって、本当に、本当に馬鹿なことをしたと思ってるの。でも、ミラを愛してる。

彼女が家を出て行って、考えたいってそう言って。だから私も考えたの。どうすべきか。それで。」

「中絶するって言うの?」

胸がつまった。やはり手を腹に当ててしまった。もうこの世にはいない子。世界を見なかった命。

「アイ。」

「許さない。許せない。そんなこと。」

「アイ。」

ミナはもう涙を流していなかった。でも泣いていた数分前よりも、ミナは苦しそうな顔をしていた。

「せっかく出来た命なんだよ。それがどれだけの奇跡なのか分かってるの。そもそもどうして避妊しなかったの。友情だとか懐かしかったとかなんとか言って、ただ快楽のためにセックスしただけじゃない。避妊もせず、無責任に子どもを作って、それでその子を殺すって言ってる。」

「殺すなんて。」

「そうじゃない!」

涙が出た。泣きたくなかったのに、涙が溢れて止まらなかった。

「アイ、どうしたの。おかしいよ、そんな。」

「おかしくなんかない！」

胸がつまった。喉が細くなり、ヒューッという音が漏れた。

「流産した。」

「え？」

今やミナの方が冷静だった。ミナの黒目は、もうすでにアイをいたわろうと、アイを慰めようとしていた。光っていた。

「流産したの、私。」

「流産……。アイ、妊娠したの？」

「妊娠したの。してたの。でも流産した。12週目で、心拍が止まった。私の子どもは死んだの。」

すぐに、本当にすぐに、自分が1週多く伝えたことを恥じた。その一瞬だけで吐きそうになった。自分がどうしてこんな嘘をつくのか分からなかった。

「どうして……。」

ミナが言った。

どうして言ってくれなかったの、と言いたいのだろうか。それともどうして子どもが死んだの、と言いたいのだろうか。それはアイが一番聞きたいことだった。どうして私の子どもは死んだの？

どうして？

どうしてなの？

画面の前で、アイは泣き崩れた。ミナの顔を見たくなかった。

たったひとりの、かけがえのない親友を失うことになるのかもしれなかったが、それでも良かった。アイは泣きながらパソコンを閉じた。パソコンを閉じた後も、実際にはなかった1週のことを、ずっと考えていた。

ミナとの連絡を絶つことは、そのまま世界への扉を閉じたのと同じことだった。インターネットを見ないことや、テレビをつけないこととはわけが違った。からだの一部が欠損したような、そんな気分だった。

暑かった。

1年に一度暑い夏がやってくることは分かっているはずなのに、毎年夏になると「こんなに暑かったのか」と驚く。

アイはいつか家族で行った軽井沢を思い出した。軽井沢は毎年の恒例になっていた。いつから行かなくなったのか、そう考えるまでもなく、ミナがアメリカへ渡ってからだと思い出した。家族だけで行ってもいいはずだった。でもミナは、ほとんど4人目の家族だった。あるいはミナの方が両親の子どもであったと言ってもいいほどに、ミナはワイルド家に馴染んでいた。

明るく社交的でまっすぐなミナは、アイの憧れだった。同じ年なのに姉のように思っていたし、会いたいと言って連絡をくれるミナは妹のようでもあった。両親は連絡をしてくるたび、ミナのことを尋ねてきた。ニューヨークで何度も食事をしたと言って喜び、3人で写した写真も見せてくれたが、その間にミナは内海義也と会い、性交し、子どもをみごもっていたのだ。そしてその事実を、なかったことにしようとしている。

ミナを求める気持ちと、ミナを絶対に許せないという気持ちがないまぜになって、アイはおかしくなりそうだった。いっそ出逢わなければ良かったと、そんな風に思ったりもした。ミナのいない「これまで」が、無味乾燥な、味気ないものだったことは容易に想像出来たが、それでもこんなに苦しい思いをするのなら、最初からミナなんていない方が良かったのではないか。

夜眠るとき、泣きたくないのに涙が出た。小さな頃、自分の出自のことで、そして自らの意思で散々孤独を味わってきたはずなのに、今の孤独を思うと胸がつまった。隣で愛する伴侶が眠っていても、自分を思ってくれる家族がいても、ミナを失っただけでアイの孤独は際限がなくなる。それが怖かった。

ひとりの方がいい。

きっとその方が楽だ。アイは何度も自分に言い聞かせた。それでもからだが言うことを聞かなかった。夜になると子どものように泣き、でも子どものようにその孤独と寄り添うことは出来なかった。

「この世界にアイは存在しません。」

1週間が経った頃、アイはおそるおそるメールボックスを開いた。ミナからメールが来ているかもしれないと思ったのは間違いなかったが、それ以外に理由が欲しかった。いつもスカイプをしてくる両親が急にメールに切り替えているかもしれない。大学からの急な連絡が来ているかもしれない（そんなことがあるはずはなかったが）。

果たしてミナから一件来ていた。覚悟して開くと、それはとても、とても長いメールだった。『アイへ』というタイトルを、アイは数分見つめた。迷ったが、結局あらがえず本文を読み始めた。

アイとのスカイプを終えて、2日が経ちました。

本当はすぐに話をしたかったし、メールもしたかったけど、混乱していて、うまく伝えられないだろうと思った。この2日間自分なりに必死で考えたの。少しだけ冷静になったので、メールします。とはいっても、きっととりとめのないものになるだろうし、長くなるだろうから、時間があるときに読んでくれたら嬉しい。

私はひとりです。ミラは戻ってこないし、連絡もくれない。それは当然だよね。私はミラを本当に傷つけた。ミラにとっては二重の裏切りだったみたいです。自分以外の誰かと関係を持ったという裏切り、そして、その相手が男性だったという裏切り。

ミラは私よりも自覚的な（といっていいのであれば）レズビアンなの。小さな頃から自分は女の子が好きだと分かっていて、それを家族にも伝えたらしいの。両親は、特にパパがすごく保守的な人らしくて、そのことをカンカンに怒って、よく殴られたりもしたみたい。彼女にはお兄さんがふたりいて、そのお兄さんにも殴られたと言っていた。ミラはだから、家族の前ではストレートのふりをしないといけなかった。髪を伸ばして、女らしい服を着て、男の子とデートをしなければいけなかった。「私の10代は地獄だった」って言ってた。

高校を卒業して、すぐに家を飛び出して、それから家族とは縁を切ったんだって。「家から出て、初めて自分になれた」って、ミラは言ってる。そしてね、私に出逢って、「本当の居場所を見つけた」って、そう言ってくれたの。

そんな人を、私は裏切ったんだよね。

自分のしたことの重さを、今になって感じてる。なんてことをしたんだろうって。でも、もし今、またあのときに戻って、ニューヨークに戻って、内海君に会ったら、また同じことをするような気がするんだ。近い将来こんな苦しい、辛い思いをすると分かっていても、それでも私は内海君と関係を持つ気がするの。

どうしてか分からないし、説明するのが本当に難しい。でも、あのとき内海君に会って、ベッドに入るのは、本当に自然なことだったの。恋愛感情ではない、友情でもない。挨拶をするように、それぞれの思い出をなぞるように、私たちは自然と裸になったの。

内海君と高校生のときの話をした。たくさん。アイの話もしたんだよ。内海君も、アイのことを覚えてた。「素敵な子だった」って言ってた。

アイはスペシャルだった。ものすごく綺麗な瞳と、綺麗な髪を持っていた。

初めてアイと会ったときのことを、今でもはっきり覚えてる。アイは覚えていないかもしれないけど、生物室に移動しないといけない日だった。入学して間もなくて、私には友達がいなかった。

中学のときに自分のセクシュアリティを知って、自分は人と違うんだって分かった。それから、なんていうか、私は変わったの。もちろん教室の景色は変わらない、友達だって変わらない。でも、自分の本当の気持ちに気づいたら、私はそれまでと同じではいられなくなった。校則違反のナイフを、ずっとバッグに隠し持っているような気持ち、誰かに傷つけられる前に、先にナイフを出さなきゃって、そんな気持ち。

表面上は今までと変わらなかった。友達とは相変わらず遊んでいたし、私はずっと変わらず「権田美菜」であり続けた。元々明るい方ではあったし、友達もいたけど、でも私は弱虫だった。みんなと違う自分になんてなりたくなかったし、ひとりだけで生きていける自信もなかった。

でも、本当の気持ちを知って、私は少しずつ自分に鎧をつけていったのだと思う。私のセクシュアリティは特別で、そして今後、それによって傷つけられる可能性がある。そのときのために、強くならなきゃって、そう思ったの。14歳だった。今思うと、すごく涙ぐましいよ。

インターネットの掲示板で、同じ仲間を見つけたときは、だからすごく嬉しかった。その人たちは、私の気持ちを分かってくれるって、そう思った。でもその人たちには実体がなかったし、やっぱり怖かった。自分と少しでも違うところを発見すると傷ついたし、もしかしたら私をからかっているんじゃないかって怪しんだりもした。

実際私も掲示板では嘘をついてたの。私は何人もの「私」になった。あるときは18歳のレズビアンだった。昔から自分のセクシュアリティに気づいていて、それを堂々と公言していて、自由な恋愛を楽しんでいた。あるときは16歳のレズビアンだった。家族にも誰にも隠して、いつもいろいろなことを悩んでいる、か弱い女の子だった。

そうやっていろんな「私」を演じているうちに、自分が曖昧になった。だから私は、自分がなりたい自分になろうと思った。高校生になったら、自分がなりたい女の子になって、それで生き延びようと思った。

私は強い15歳にならないといけなかった。友達がいなくても平気で、少し孤独をまとっていて、言いたいことをはっきり言って、みんなから一目置かれるような女の子に。そんな風に決意して、あの高校に入ったんだよ。そして、アイに出逢った。

教室に入ったときから、アイのことはずっと気になってた。自分のセクシュアリティは関係ない。やっぱりアイはスペシャルだったの。もちろん、容姿がみんなと全然違うのもあった。でも、私が惹かれたのは、アイがどうしようもなくひとりに見えたことなの。

人間は誰といたって、ひとりになる時間が1秒もなくたって、究極は、絶対にひとりなんだって、アイを見ていたら思った。分かる？ アイは孤独を体現していた。今までずっと、ずっと自分の内面と向き合って生きてきた人なんだろうなって、すぐに分かった。私が14歳のときに抱えた孤独とは、比べ物にならないものを抱えてきたんだろうって。

誤解しないでほしいのは、それはアイが養子だったからじゃない。

アイに出逢って、私は養子のことを自分なりに勉強したの。アイからしたらほとんど無知と同じようなものだろうけど、でも、アイのことを知りたかったの。分かったことがいくつかあった。一言では言い表せないけど、その中でとてもシンプルで大切だったのは、「養子といったって絶対にひとくくりには出来ない」ということだった。

例えばフィンランドやノルウェーには韓国からの養子が多いらしいね。「自分のアイデンティティが分からない」と悩んでいる人もいれば、「自分は生粋のフィンランド人だ」「ノルウェー人だ」と思っている人もいる。養父母のことを心から自分の両親だと信じている人もいれば、そうではない人もいる。韓国に行きたいと思っている人の中でも、「自分のルーツを探したい」と思っている人もいるし、「ただ単に観光として行きたい」だけという人もいる。「一言では言い表せない」って表現は、逃げではなくて、実際正しいんだよね。

アイはアイなんだなって思った。

アイは、アイでしかないんだって。

アイが抱えていた孤独は、もちろん養子という自分の立場に基づいたものもあるかもしれなかったけど、でも、それより圧倒的にアイの資質によるところが大きいと思ったの。生まれながらに孤独を知っている、とても聡明で繊細な人なんだって、分かったの(自分のことを、こんな風に分析されるのは嫌だよね? でも、私にとってはすごく大切なことなの)。

アイは孤独だった。ひとりだった。

そしてそれを受け入れて、全部ひとりで受け入れて、立っている人だった。

すぐに友達になりたかった。でも、アイはいろんな人に話しかけられていたし、近づくことは出来なかった。アイのことを、じっと観察するしかなかった。そうしていると、アイが、みんなに話しかけられることに、なんていうか、居心地の悪さを感じていることが分かった。なんていうんだろう、「笑わなきゃ」って思ってるような、そんな気がしたの（全部私の勝手な思いだよ！）。

だから私は、他の人とまったく違うアプローチをしようと思った。アイに話しかけることが目的なんじゃなくて、日常のなんてことない瞬間、たまたまアイがそこにいたっていう風に。

驚いた？　気持ち悪いでしょ？

でも、私はそれだけ決心して、アイに話しかけた。もちろん、なりたい自分、強い15歳の自分を、全力で見せた。だから、アイが私と友達になってくれたときは、夢みたいだったよ。私はアイの前で屈託なく笑って、たくさん軽口を叩けるようになった。

こんな風に書いたら、私がアイの前でずっと演じてたみたいに思われるかもしれないけど、そうじゃない。私はアイの前で、初めて自分になれたような気がしたの。それはもちろん、なりたいと望んだ自分だったけど、アイの前にいると、何も無理する必要がなかった。アイは私に本当の私をくれたの。なりたかった本当の私を。

セクシュアリティを告白するまで、時間がかかったけど、アイなら絶対に私のことをジャッジしないって思ってた。そして、その通りだった。あのときほど、アイが友達になってくれて良かったと思ったことはないよ。アイ、友達になってくれてありがとう。

アイは、思っていた以上に聡明で繊細だった。

やっぱり、私なんかとは比べ物にならない孤独の中にいた。いつか、アイが死んだ人の数をノートに書きこんでいること聞いたよね？　あのとき、もちろんそんなことは知らなかったけど、アイならそうするだろうって、なんか納得した。

アイはあらゆる場所のあらゆる悲劇に胸を痛めていた。ちょっと心配になるくらい。いつかアイも言っていたけど、「この子は幸せになりたくないのかな？」って思ったこともある。でも、じゃあ私といるときだけは幸せでいてほしかったけど、それも難しかった。アイは一緒に話していても、どこか遠くのことを思っているようなときがあった。散々考えたけど、そんなアイを無理やりこっち側に引き戻すのはやめようと思った。私なんかが想像も出来ないくらいアイはいろんなことを考えてる。苦しそうだけど、でも、それこそがアイの魅力なんだと思ったの。アイは優しいよ、すごく。

だから、アイが佐伯さんに出逢ったのは、本当に嬉しかった。本当だよ、私、嬉しくて一晩中泣いたんだから（その証人のミラがいないのは、本当に悔しい）。アイが我を忘れるなんてことなかったから、アイが誰かに夢中になっていることが本当に嬉しかった。佐伯さんもすごく素敵な人だし、何よりアイが幸せそうだから、私も幸せだった。子どもを作りたいとアイが言ったときも、そうなったらどんなに素敵だろうと思った。私はふたりめのお母さんになるつもりだった。冗談じゃなく。おかしな話だけど、アイの子どもを、一緒に育てられたらどんなに幸せだろうって思った。私のセクシュアリティでは、子どもを望むことは困難だから。

でも、こんなことになった。

思いがけないことで、本当に動揺した。どうしていいのか分からなかった。その間に、アイがそんなにつらい経験をしていたなんて、まったく知らなかった。私は親友失格だと思う。連絡が減ったときに、何かあったのか気づくべきだった。けれど、私は私のことで悩んでもいたの。

私は子どもに対しては謝らないといけない。セックスをしたことは悔いていないけど、子どもを望んでいないのならきちんと避妊をするべきだった。男の人とセックスをしたことがなかったから、私の認識も甘かったけど、でもそんなのは本当にただの言い訳だと思う。とにかく私はセックスをして、その結果子どもが出来た。そしてその子を、正直育てていけないと思ってる。ミラの気持ちもあるし、私自身母親になれると思えないの。

これを書くのは本当に苦しいし、アイに嫌われたくない（もしかしたら、もう嫌っているのかもしれないけど）。でも、アイには本当のことを言いたい。嘘をついて許してもらいたくはない。正直に、思っていることを言いたい。

子どものことで、私がアイに謝ることはない。

社会に対しても、不妊で苦しむ人に対しても、謝る必要はないと思ってる。

私の決意と、みんなのからだのことは別のことだから。私のからだは、私のものだから。

でも、友達として、アイの支えになりたい。心からそう思ってる。アイが私の顔を見るのが嫌でも、私はアイのことを思ってる。アイは私の、かけがえのない、大切な親友なの。私を本当の私にしてくれた、大切な人なの。

苦しいときにそばにいることが出来なくて、そして話を聞くことが出来なくて、本当に悔しい。

いつか言ったよね。大好きだって。今でも変わらない。私はアイのことが大好き。

本当に、本当に大好き。

いつかアイが、アイの心を取り戻してくれることを祈ってる。ずっとずっと祈ってる。私のことをもう嫌いでも、どうか祈ることだけは許してほしい。

ありったけの愛をこめて。

ミナ

喉が焼けるほどに泣いた。

初めてミナに会ったときのこと。生物室までの道。軽井沢のホテル。いつまでも話が尽きなかったファーストフード店の硬い椅子。

どれも鮮明に覚えていた。忘れられなかった。ミナが、あの明るくて溌剌《はつらつ》としていたミナが、そんな勇気をもって自分に話しかけたなんて、自分のことをそんな風に思っていたなんて、思いもしなかった。初めて出来た親友。私の大切な人。

パソコンの前で、アイは動けなかった。からだのすべての機能が動くのを拒否していた。必死の思いで『返信』をクリックしたが、返事が書けなかった。どうしても。

キーに指が触れると、あの日のことがフラッシュバックのように甦った。手術台の上の眩しい照明。腹から掻きだされた胎児。痛み。痛み。

アイは泣きながらパソコンを閉じた。ミナのことを、どうしても許すことが出来なかった。自分の子を自ら「掻爬《そうは》」しようとしているミナのことを、どうしても。

世界に向かって閉じた扉は、アイが想像するより頑丈で、重かった。

「この世界にアイは存在しません。」

ニューヨークから両親が帰国した。

アイとユウ、4人で食事をした。駒場にある小さなビストロは、一時帰国が決まった綾子が、ネットを駆使して調べた店だった。

「一食たりとも無駄にしたくないのよ！　もう人生も後半戦なんだし。」

そんな風に言いながら、綾子は若い頃から食べることに関して貪欲だった。自身で作るものも、手間を惜しまず、そのとき最高の状態で食べられるように気を配った。そんな綾子の姿勢は、そのまま生きることへの姿勢だと、アイは思った。綾子はいつだって全力で生きてきた。

全力で生きるということに関しては、ダニエルも同じだった。いや、それ以上だった。久しぶりに会ったダニエルは小麦色に焼け、腕には筋肉の筋がついていた。45歳のユウが臆するほど、ダニエルは若々しく、逞《たくま》しかった。

「なんか、若返ったみたいですね。」

そう言ったユウの背中を、ダニエルは嬉しそうに叩いた。

「まだまだ君には負けないよ！」

夕食は穏やかで、美しい礼節があった。ダニエルの冗談に皆が笑い、ワインが2本空けられた。店のウェイターすら、英語と日本語が自由に飛び交うこのテーブルに来ることを喜んでいるように見えた。

ユウも、心から楽しんでいるようだった。ここ数週間、ふさぎこんだ自分をケアしてばかりだったユウが、一瞬でも楽しんでくれて、アイは嬉しかった。時々目が合うと、ユウは微笑んでくれた。アイの手を握ることもあった。

でも、アイはあったかもしれないもうひとつの時間のことを思って、時々胸がつまった。ワインを飲まないアイに、綾子が理由を聞く。ユウと目配せをして、ふたりで妊娠を告げる。そんな時間が今ここにあったはずなのだ。ふたりは喜ぶだろう。綾子は泣くかもしれない。

年齢を重ねて、彼女は随分涙もろくなった。世界中の悲劇に胸を痛め、涙することを、綾子は恥じなかった。そしてそんな綾子を、ダニエルは心から愛した。世界に対して、彼らは真摯な姿勢を崩さなかった。

自分に子どもが出来ていたら、両親のどちらかに似ただろうか。

彼らの真摯さを受け継いだだろうか。

そんな風に思ったのは、アイが酔っていたからだった。久しぶりにワインを飲んだ。ダニエルが選んだピノ・ノワールははっとするほど美味しかったが、これを躊躇せず飲む自分の状況に感謝することは出来なかった。

自分が子どもを産むことがあっても、その子はダニエルにも綾子にも似ることはないのだ。何故かそのことがとてつもなく悲しかった。それでもユウには似るのだ、ユウの血を分けた子どもが生まれるのだ、自分にそう言い聞かせても悲しみは去らなかった。和やかで美しいこのテーブルで、アイは泣き出したい衝動に駆られた。それはきっと久しぶりのアルコールだけが原因ではなかった。アイはトイレに立ち、しばらくそこでじっとしていた。鏡の中の自分は、驚くほど疲れた顔をしていた。とても20代とは思えないほどに。

席に戻ると、ダニエルとユウが熱心に話をしていた。ハイチのこと、日本のこと。時々意見がぶつかっていたが、話し合うことはやめなかった。何かについて真摯に考え続けることが出来るふたりが、アイには眩しかった。アイはほとんど考えることを放棄していた。ハイチのこと、カタリナのこと、日本のこと、そしてシリアのことも。

ダニエルとユウがシリアの話を始めたとき、綾子が手をそっとアイのそれに重ねてきた。綾子の左手の薬指には綺麗な指輪がはめられていた。複雑な彫刻がほどこされた細い指輪は、自分には決して似合わないだろうと、アイは思った。

数日後、綾子からランチに誘われた。

指定されたのは神楽坂の寿司屋だった。

「ちらし寿司が美味しいらしいの！」

この店ももちろん、綾子が調べて予約した。綾子はさっさとアイの注文も決めてしまい、女生徒のようにはしゃぎながらお茶を飲んだ。

「ああ、お茶も美味しい！」

ちらし寿司は確かに美味しかった。何よりその美しさにはため息が出そうだった。オレンジ色のイクラは宝石みたいに光り、鮮やかな黄色の錦糸卵と薄桃色に染まったレンコンは、そこだけ春が来たようだった。こんなに丁寧に作られた食べ物を、アイは久しぶりに食べた気がした。

「やっぱり和食って素晴らしいわね。」

2年前には和食が、無形文化遺産に登録されていた。ニューヨークでもジャパニーズレストランと名のつくものは人気で、特にラーメン屋は、決して並ばないと言われるニューヨーカーも列をなしているということだった。

「ラーメンって和食にしていいのかな？」

「ほんとね。でも、昔ダニエルと中国に行ったとき、いわゆる日本のラーメンみたいなものはなかったわよ。豚骨なんて、あれは日本のものと言っていいんじゃない？　ニューヨークでも人気よ、すごーく。」

「豚骨が人気なの？　それって、」

自分が言おうとしていることに躊躇した。でも、それはおかしいと思いなおした。

「ムスリムの人たちは食べられないじゃない。」

「でも、食べてる人もいるみたいよ。」

綾子が普通に返してくれたことにほっとした。豚のスープを飲む人がいようが、そうでなかろうが、イスラム教徒たちの話を、今のアイはしたくなかった。でも、

「複雑な気持ちでしょうね、彼らも。」

綾子が言った。彼らの話題は、避けられないことだった。

「パリのことを思うと、胸が痛むわ。」

年が明けたばかりの1月7日、パリ11区にあるシャルリー・エブド本社を複数の武装犯が襲撃し、警官2人や編集長、風刺漫画の担当者やコラム執筆者ら合わせて、12人を殺害するという事件があった。シャルリー・エブドが出版した新聞で、預言者ムハンマドを冒《ぼう》瀆《とく》されたという理由からだ。

その事件がきっかけで、イスラム教徒に対する偏見が助長されるのではと、フランス国内で危惧されていた。パリでは表現の自由を求めて「私はシャルリー」と書かれたプラカードを持ったデモ隊が街を歩き、一部のナショナリストと称する人間が、イスラム教徒に

嫌がらせをするという事件が各地で起きていた。それは世界中に飛び火した。ニューヨークでも、ムスリムとの間で緊張が高まっているのだという。

「……そうだよね。」

それ以上言葉を継ぐことは出来なかった。自分が何を言っても、いずれ話がシリアに繋がってしまう気がした。そしてそれを怖がる自分が、アイは嫌だった。

「アイ。」

でも、アイの望むようにはならなかった。綾子の声には、すでに痛みの気配が滲んでいた。

「シリアのこと、どう思ってる？」

シリアの悲劇は際限がなかった。

混乱に乗じて跋扈《ばっこ》したＩＳが、世界の予想に反して巨大化し、人々を恐怖のどん底に陥れていた。パルミラ遺跡は破壊され、家を失ったたくさんの人々が海を渡った。「今世紀最大の人道危機」だと、国連が発表していた。

数日前、自分の手に重ねられた綾子の左手を、アイは覚えていた。こちらを見ることはなかったし、アイも綾子の方を見ないようにしたが、その手には労《いた》わりの気配があった。

思いがけず始められたダニエルとユウのシリアについての話に、アイが胸を痛めていると思われたのだと理解した。それは半分正しかったたし、半分間違っていた。

シリアのことを思うと苦しかったが、苦しいからこそ考えないでいた。最初は子どものためだった。妊娠にはストレスが最大の敵、それは本当だったが、実際はそれを理由にして、アイはシリアから逃げていた。

『養子といったって絶対にひとくくりには出来ない。』

ミナの言葉が浮かんだ。実際そうだ。「祖国」で悲劇が起こったとき、そのことに胸を痛める者もいれば、自分とは関係のないこととして切り捨てることが出来る者も、そしてその国を「祖国」としてではなく、ただ世界で起こっている悲劇と認識し、国際社会に生きる人間として最低限胸を痛める者もいるだろう。

アイは自分以外にシリア人の養子に会ったことがなかった。世界で一番有名な起業家がシリア系の養子であるということを知ったときは心が動いたが、それも長くは続かなかった。シリア移民の子として生まれ、やがてアメリカ人の養父母に育てられることになったスティーブ・ジョブズというその男性は、あまりに自分とかけ離れていた。自分は確かにジョブズと同じシリアをルーツに持っている。でも、アメリカ人と日本人の養父母を持ち、やがて日本で暮らすことになったアメリカ国籍のシリア人を、アイは自分以外には知らなかった。

養父母の中には、同じ国の養子をもらった者同士交流を続ける人たちもいるようだったが、ダニエルと綾子は違った。避けていたのではない。自分たちが「その場」を設けるのではなく、いつかアイが自身から望んだときにはおしみなく協力しようという考えだったからだ。アイはそれを理解していたが、もちろんアイ自ら望むことはなかった。

「シリアのこと……。」

シリアから来た養子たちは、今のこの現状をどう思っているのだろうか。

「本当に、悲しいことだと思う。」

まだ見ぬ養子たちがどう答えるかを、アイは想像するしかなかった。

彼らならなんて言うだろう。でも「彼ら」とくくってしまっている時点でそれは不可能だった。「養子といったって絶対にひとくくりには出来ない」、それは間違いなかった。つまり、アイは自分の意見を持っていなかった。他の「誰か」が何を言うか想像しないと、このことに関しては言葉を発することが出来ないのだ。

幼い頃と同じだ。

アイは思った。自分の意見を求められ、でもそれを持たず、みんなが言うことに完全に同化したいと思っていたあの頃。言いたいことが浮かばず、大人たちを困らせていることを分かって、でもやっぱり何も言えずに泣き出していたあの頃と、今の自分は同じだ。幼少期をすっかり脱していたと思っていたのに、幼い頃の自分を抱きしめたいとすら思っていたのに、自分は何も変わっていない。

綾子の態度も変わらなかった。アイが何か言うのを待っていた。黒目がちの美しい目で、アイをじっと見つめていた。

「……早く終わればいいと思う、こんな悲劇が。」

自分の言っていることが空虚だった。優等生的とすら言えない。実のない乾いた答えには、つまり想いが何もないのだった。

「この世界にアイは存在しません。」

アイは目を伏せた。

寿司をすっかり食べ終えて、ふたりのテーブルには涼しげな葛《くず》のデザートが運ばれてきていた。アイはそれには手をつけず、綾子もそうだった。温かいものを温かいうちに、冷たいものを冷たいうちに食べることを、ほとんど信念としている綾子には、珍しいことだった。

「アイ。」

綾子に何を言われるのか怖かった。自分の母親なのに、こんな風に思うことが苦しかった。それともやはり、綾子が「本当の母親」ではないからそう思うのだろうか。こんな年齢になって、今更どうしてそんなことを思うのか。

「本当の両親のこと、知りたいと思う?」

綾子の方を見ることが出来なかった。綾子を見たくなかったからではなく、自分の顔を見られたくなかったからだ。

「私たちは彼らのことをほとんど知らないの。養子をもらうとき、両親のことを詳しく知りたがる人もいるけれど、私たちはそれを望まなかった。それは言ったわよね? ただあなたの写真を見て、なんてかわいらしい子なんだろうって。それだけで良かったの。それだけで、あなたは私たちの子だと思えたの。でも、」

アイの反応を見ず、こんな風に先走って話す綾子は珍しかった。つまり綾子も、わずかに緊張しているのだろう。

「団体に連絡したら、ある程度知ることは出来ると思う。あなたが望むなら。もしかしたら、追跡が困難かもしれないけれど。」

追跡が困難。それはつまり、アイの本当の両親が安定した生活を送ることが出来ていないということだ。それは綾子のひとつの推測に過ぎなかったが、シリアの現状に鑑みると、そう思うのは当然のことだった。

「本当に、あなたが望むならよ。アイ。」

幼い頃は、そう言う前に、綾子は強く抱きしめてくれた。

「あなたは私たちの子よ。」

そう言って、長い時間アイを抱きしめて、それから、

「でも、もし。」

という話を始めた。それは「養子」という立場のアイに配慮してのことだった。自分たちはあなたを愛している、自分たちの子どもだと心から思っている。でもあなたには、祖国を、そして本当の両親を知る権利がある。あなたが望むなら。

今、綾子はアイを抱きしめなかった。配慮がないのではない。アイがもう大人だからだ。庇護されるべき弱い子どもではなく、養父母の愛情を信じることが出来ているはずの、いや、むしろ養父母の愛情をこれ以上必要としない、自分の意思を持った、ひとりの立派な大人だからだ。

でも、アイは抱きしめてもらいたかった。

幼い頃のように、綾子に抱きしめてもらいたかった。

あの頃を思い出すとき、アイの脳裏に浮かぶのは悲しみであり、苦しみだった。世界の不均衡を悲しんだ自分、恵まれた自分の環境に苦しんだ自分は、いつだってたやすく甦った。でも、アイはそれを選んでいた。数ある思い出の中から、それを選択し、その渦中に

いることを望んだのは、アイ自身なのだ。

もちろんアイの幼少期はそれだけではなかった。あんなにも愛に包まれた、喜びに溢れた幼少期を、アイは見逃して来た。自分を抱きしめた綾子のあたたかさ、自分は守られていると思うより先に感じることが出来たあの瞬間を、アイは今強烈に思い出していた。あの瞬間は幸せ以外のなにものでもなかった。そして今でも自分はそれを望んでいる。抱きしめてほしい。大丈夫だと言って、あたためてほしい。こんなからだになった今でも。

養子の中には、幼い頃に養父母に「祖国を見たいか」と言われ、「追い出されるのではないか」「誰かに連れ戻されるのではないか」、そう恐怖を覚える子もいるという。アイもそのうちのひとりだった。アイはもう子どもではなかったし、結婚し、パートナーに恵まれたひとりの独立した社会人だったが、それでもどこかで恐怖は消えなかった。

追い出されることなんて考えられない。連れ戻されることなんてありえない。それなのに、この恐怖はどこから来るのだろう。

「この世界にアイは存在しません。」

あの声だ。この世界に自分は存在しないのではないかという、あの声。決別したはずのあの声は、今もアイのそばにいる。

子どもが欲しい。

今ほど強くそう思ったことはなかった。妊娠する前も、掻爬をした直後も、これほど強く思わなかった。

子どもが欲しい。

自分の血を分けた子どもが欲しい。

私をこの世界に存在させてくれる、揺るぎのない理由が欲しい。子どものからだの中に流れる血液は、あたたかいだろう。そしてそのあたたかさは、幼い頃母がくれたあのあたたかさより、もっと強い何かをもたらしてくれるだろう。

「私は、」

アイが口を開くと、綾子が耳を澄ます気配がした。

「知りたいとは思わない。」

ほ、綾子が声を出したが、やめた。きっと、本当に、と言いたいのだろう。

「知りたいとは思わない、かなぁ。」

なるべく冷たい言い方にならないようにした。自分の実の父母のことを知りたいとは思わないが、シリアのことには胸を痛めているということを、綾子に分かってほしかった。

でも、「母親」に対してこんな風に思う自分がおかしいような気もしていた。

葛はすっかりぬるくなってしまった。

暑さに比例して、アイのからだはどんどんゆるんでいった。

スナック菓子を食べ、運動していないのでは仕方なかったが、からだだけではなく、自分の精神の部分、心の切っ先が溶けだしているような、そんな気がした。両親がニューヨークに戻ってからは、なおさらだった。

ユウは日々行われるデモの撮影や、夏に入った海外の仕事などで、相変わらず家を空けがちだった。アイをひとりにしてやりたいという優しさもあっただろうが、ユウ自身傷ついていたのだろうと、その頃には理解出来るようになった。治療の再開はまだ考えていなかった。子どもの話もしなかった。

久しぶりに一緒に夕飯を食べることが出来る日、アイは奮起してたくさんの料理を作った。せめてユウの前でだけはしっかりしていたかった。夏の野菜を揚げて汗だくになり、食事をする前にシャワーを浴びた。でもシャワーを浴びてしまうとやる気がなくなり、料理の説明をする気も失せた。ふたりはほとんど無言で食卓を囲んだ。

「テレビつけていいかな？」

夕食後、ユウがアイに聞いた。アイは惰性でうなずいた。ユウはリモコンでバラエティ番組をザッピングした後、ニュース番組に落ち着いた。

「デモのことって、なかなかニュースでは放映されないね。」

独り言のようにユウが呟き、アイは再び流れ出した汗にうんざりしていた。

「続いてシリア情勢です。」

そう言うとき、キャスターの顔は自然といたましげになった。

「ヨーロッパ諸国が難民の対応に追われています。」

ヨーロッパでは難民排斥のデモが行われ、収容施設が襲撃される事件が起こっていた。

ユウもアイも、何も言わなかった。画面には、金網に殺到した難民、小さなゴムボートに溢れんばかりに乗った難民が映し出されていた。

「本当の両親のこと、知りたいと思う?」

綾子の声を思い出す。緊張している綾子の、わずかに揺れている瞳孔を、アイは見なくても想像することが出来た。

画面に映るシリア人、涙を流し、叫んでいるシリア人の中に、自分の両親がいるのだろうか。もしかしたら自分はもう、その姿を目にしているのだろうか。それとも彼らは、爆撃の犠牲になっているのかもしれない。墓に入ることも許されない、無残な遺体になっているのかも。

ユウを見た。彼は、アイの誕生を奇跡だと言ってくれた人だった。アイがシリア人として生まれ、シリアを出て、ダニエルと綾子という愛情に溢れたふたりの人間の元にやってきたこと、そして日本に来て思春期を過ごし、ユウの前に現れたことを奇跡だと言ってくれた人だった。アイはあのとき、自分はこの男に会うためにこの世界に生まれてきたのだと、数々の奇跡を経てここにいるのだと、そう思ったのだ。

ユウへの愛情は変わらなかったが、あのときのように、自分がここにいることを心から喜ぶことは出来なかった。人の気持ちの頼りなさが寂しかった。すべてを手に入れたように思っていたあの時間の欠片《かけら》は、もうアイのからだのどこにも残っていないのだ。

ユウは相変わらず動かなかった。口を開かなかったし、リモコンに触ろうともしなかった。彼はきっと自分を気遣っているのだ、そう思うとユウが気の毒でならなかった。

「シリアの、」

アイが言葉を発すると、ユウがこちらを見た。何かを覚悟しているような顔をしていた。その顔に、アイは少し傷ついた。自分はユウを怖がらせている。

「シリアの写真を撮りたいとは思わない？」

何気ない会話にはならなかった。自分でもこんなことを言いたいのではないと思いながら、でも言ってしまったことは仕方なかった。アイは暑さにうんざりしていた。

「シリアの？」

「そう。シリアの。シリアの難民たちの。」

ユウは、アイが何を言っているのかはかりかねているようだった。しばらく考えていたが、やがて静かに返事をしてくれた。

「僕は報道写真家じゃないからね。」

「デモの写真は?」

「あれは、ただ撮りたいんだよ。なんていうんだろう、デモに行ってる人たちの顔が好きなんだ。」

「変化の渦中にある人の顔でしょう?」

「そう。覚えていてくれたんだね。」

ユウが笑った。目尻に皺が寄り、口角がぎゅっと上がる。こんなときでも、彼の笑顔はやはり少年のようだった。

「あなたの写真、見たいな。久しぶりに。」

「本当?」

「うん。」

以前は、ユウがどんな景色に、どんな人に出逢ったのか知りたくて、いつも写真をせがんで見せてもらっていた。年季の入ったデジタルカメラをふたりで覗きこむ時間は、アイにとって、そしておそらくユウにとっても大切な時間だった。

「はい。これ。」

渡されたカメラの重さが懐かしかった。シャッターボタンの部分がすり減っていることに、アイはいつも感動していた。そこにユウがずっと触れてきたのだと思うと、それだけで愛しくてたまらなくなった。

電源を入れると、小さな画面に写真が現れた（このカメラは、仕事ではなくプライベートで使っているということだった。写されているのはだから、デモの写真がほとんどだった）。

写真の中の人々は、怒っていた。仲間と拳を振り上げ、プラカードを胸に当て、中には泣いている人もいた。アイはあの空気を、皆と一緒に歩いたあの夏の日を、懐かしく思った。

あのときも、こんなに暑かっただろうか。もしそうなら、その暑さの中、あんなに長い時間外にいて、叫び続けたのだろうか。自分にそんなことが出来たのが信じられなかった。アイは急に年老いた気分だった。まだ20代だというのに、様々なものを手放してゆく老婆になったような、そんな気がした。

「あ。」

デモの写真の合間に、ふいに自分の顔が現れた。お門違いな場所に「日常」が現れた気がして、アイは面食らった。今より少し痩せている自分だ。これはきっと、妊娠が分かったときだろう。あの数日、声を上げて喜ぶアイを、ユウが嬉しそうに撮影していた。

胸が痛んだ。

まだこんなに。

アイは驚いた。まだ自分はヴィヴィッドに、起きたことに苦しんでいる。日常は間違いなく過ぎてゆくのに、ふとした瞬間、心は過去に引き戻される。こんなにたやすく。

アイの写真は何枚もあった。自身でも驚くほど美しい顔をしていた。それはもちろん、自分の造形がそうさせるのではなく、あのときの自分が喜びに包まれ、そしてそんな自分のことをユウが心から美しいと思ってくれていたからだ。

「私、痩せてたね。」

笑うように努力した。ユウを見ると、彼は笑っていなかった。目を伏せ、過去の何かに想いを馳せている。たまらなくなって次の写真を表示させた。そこには、またデモの写真があった。

「すごい人。」

少し上方から撮影された写真は、ひしめく群衆をとらえていた。

「ああ、それは、首相官邸前だね。木に登って撮影したんだ。警察にすぐに引きずり下ろ

された けど。」

夏の最中、こんなにも人が集まったら、その熱量はどのようなものだっただろう。アイは叫ぶ人の声を聞いたような気がした。汗のにおいを嗅いだような気がした。

『安保法案反対』

『国民の声を聞け』

様々なプラカードが掲げられていた。プラカードを持った人はどこか一点を見つめ、そこから決して目を逸らさないと決意しているように見えた。

目を引いたのはお腹が膨れた女性だった。妊娠しているのだ。ユウもそれに惹かれたのだろう。それからは、その人ばかりがズームで撮られていた。アイは何も言わなかったし、ユウも何も言わなかった。

その人が持っている段ボールには、こう書かれていた。

『わたしの子どもを戦争に行かせない』

丸みを帯びた字だった。若い母親なのだろう。段ボールに書かれた素っ気ない、子どもっぽい字は、その素っ気なさの分、子どもっぽさの分、切実だった。

『わたしの子どもを戦争に行かせない』

その戦争が、まだ世界中で起こっている。

これは遠い過去や未来の話ではなく、現在の話なのだ。シリアの悲劇を騒乱といって終わらせることは出来ない。これは戦争だ。人が人を殺す戦争なのだ。そしてその犠牲者はいつだって一般の、無辜《むこ》の人々なのだ。

「シリアの、」

思わず口に出した。

「シリアの現状を、撮りたいとは思わない？」

「え？」

自分でもどうしてこんなことを言うのか分からなかった。口をついて出た、というのが正しかった。

「さっきも言ったけど、僕は……、」

「報道写真家じゃないのね、分かってる。でも、撮りたいとは思わないの？　変化の渦中にある国だよ？　変化の渦中にある人たちの顔だよ。」

ユウが苦しそうな顔をした。でもそんな彼を慮ることは出来なかった。アイは自分の残酷さに驚いた。私は彼に何を聞こうとしているのだろう。

「撮りたい、と思って撮ってはいけないものだと思う。」

「どういうこと？」

「写真家として撮りたい、そう思っているだけでは撮ってはいけないことだと思う。自分の写真のためだけに撮影していい類のものじゃない。その変化は彼らが望んだことではないんだ。もちろん僕は、興味本位でシリアのことを撮りたいなんて思わない。心からシリアの現状を悲しく思うし、虐殺された人たちや、故郷を追われた人たちのことを思うと、」

ユウはそこで、言葉を切った。

「胸が潰れそうだ。」

ユウが震えていた。それは目に見えないほどの震えだったが、それでもアイには分かった。

「もし自分の写真の力が彼らの役に立つのならそうしたい。でも、僕は報道写真家じゃない。伝えることより、撮りたいと思う気持ちの方が先に立つんだ。」

「じゃあ、報道ならいいということ?」

「……この悲劇を全世界に伝えるんだという明確な意思を持っているなら。」

「でも、例えば、明確な意思を持っている人でも、自分の写真のことを考える瞬間があると思う。よし、いいのが撮れたって、そう思ってしまう人がいると思う。」

「……写真家の性《さが》だね。そうだね、あると思う。」

「じゃあ、その人たちとあなたとはどう違うの？　どこまで意思があるか、どこまで自分の写真のためか、それはどうやって測るの？」

「難しいね。それは。すごく……難しい。」

扇風機が、ぶうんと音を立てている。飛行機が飛ぶ音に似ていた。違う場所で聞いたら、この平和な音はたちまち恐怖を喚起する音になるのだろうか。

「じゃあ、私は？」

「え？」

「私がシリア難民の写真を撮るのは？」

自分でもおかしなことを言っている、そう思った。写真なんて興味はなかった。ただユウが撮っているから、カメラを身近に感じているだけだった。あの重い、傷だらけのカメラを。自分は何を言いたいのだろう。

「撮りたいの？」

「ううん、そうじゃない。」

そう言ったのに、ユウはアイをじっと見た。

「アイがもし撮りたいのなら、アイには撮る権利があると思うよ。」

「権利？」

「うん。君はシリアで生まれたんだ。」

「でも、私にはシリアの思い出なんてない。アメリカの少しの思い出と、日本の思い出しか持っていない。」

「でも、シリアは君のルーツだ。」

「それだけで、私に撮影する権利があるっていうの？」

「少なくとも、僕よりはあると思うよ。もちろん、僕は絶対に行ってほしくないし、それ以上に行くべきではないと思うけど。」

胸がざわついた。何かを思っているのだが、それが何なのか分からなかった。

「権利って、おかしいと思う。」

権利。権利という言葉に自分は反応しているのだろうか。違う、権利という言葉の奥にあるものだ。アイはそこに手を伸ばした。

「あなたと私では、何が違うの？」

ユウは困った顔をした。

「さっきも言ったけど……。」

「私のルーツがシリアだから、私に撮る権利があるとあなたは言う。でもあなたにそれがないのはおかしい。あなたはシリアのことをこんなに思っているのだから。」

そこまで言って気づいた。アイは不思議に思っているのだ。何を？　ユウのことをではない。自分のことをだ。

「地震のとき。」

思考より先に言葉が出た。自分の言葉にしがみつくように、アイは考えを巡らせた。久しぶりに脳を使っている気がした。数学とは違う脳、美しい世界に飛び込むのではなく、自分の思考を解放するための作業。

「地震のとき、私は残ろうと思ったの。両親もミナもアメリカにいて、こっちに避難してきてと言った。私には自分を縛るものは何もなかった。アメリカにすぐ飛んでも良かった。でもそうしなかった。」

だからユウに会えた、かつてのアイならそう思った。心から愛する男は、今目の前で、アイの言葉を待っている。まっすぐなその目は、そういえばミナに似ている。いいや、ミナだけではない、ダニエルにも、綾子にも。

「あのとき私は、残るべきだって思ったの。残ることできっと、」

そこから先を言いたくなかった。ユウにそんなことを知られたくなかった。でも言葉が先走って、逡巡《しゅんじゅん》が追いつかなかった。

「命の危機を、その恐怖を語る権利を得たかったのだと思う。」

助けて。

あのときの叫び声は、まだアイの耳に残っていた。自分に起こった危機、自分に起こった恐怖、それを語る権利を、アイは得たかったのだ。そして後に、そんな権利を得ようと思った自分を、この上なく恥じ、軽蔑したのだ。

「それってとても傲慢だった。そんなことで、被災した人たちの気持ちなんて分かるわけがない。」

それは、ミナにも話したことだった。そうだこれは、ミナにすべて聞いてもらったことだった。

「でも。」

あのときミナはこう言ってくれたのだ。

「誰かのことを思って苦しいのなら、どれだけ自分が非力でも苦しむべきだと、私は思う。その苦しみを、大切にすべきだって。」

アイはミナを思い浮かべていた。ミナの日に焼けた顔を。まっすぐな目を。

「渦中の人しか苦しみを語ってはいけないなんてことはないと思う。もちろん、興味本位や冷やかしで彼らの気持ちを踏みにじるべきではない。絶対に。でも、渦中にいなくても、その人たちのことを思って苦しんでいいと思う。その苦しみが広がって、知らなかった誰かが想像する余地になるんだと思う。渦中の苦しみを。それがどういうことなのか、想像でしかないけれど、それに実際の力はないかもしれないけれど、想像するってことは心を、想いを寄せることだと思う。」

いつの間にか言葉が先行していた。その軌跡を追い、懸命にすがった。それは養子の「彼ら」を想像する行為とは違った。逃亡するためではなく、考えるために、アイは言葉を追った。

「私に起こったこともそう。私のからだの中で赤ん坊が死んで、その悲しみは私のものだけど、でも、その経験をしていない人たちにだって、私の悲しみを想像することは出来る。自分に起こったことではなくても、それを慮って、一緒に苦しんでくれることは出来る。想像するというその力だけで亡くなった子どもは戻ってこないけど、でも、」

アイは息を吸った。

「私の心は取り戻せる。」

言った瞬間、涙が出てきた。悲しいのかと思ったが、違った。ミナに会いたいのだった。自分は、ミナに会いたくて泣いているのだった。

ミナは「本当の私をくれた」と書いていた。それは自分の方だ。ミナは自分をこの世界に存在させてくれた人だった。ずっと頼りなかった自分の輪郭を、濃く、深く肯定してくれた人だった。ミナといるときは、あの声を聞くことはなかった。一度も。

「アイ。」

ユウがアイを見ている。困っているのではなさそうだ。肩に置かれた手のひらで分かる。いつの間にか、体温だけでその人がどんな風に思っているのか分かるようになった。

私たちは家族だ。

アイは思った。血の繋がりなんてなくても、家族にはなれる。それはアイ自身が体現してきたことのはずだった。ダニエルと綾子、素晴らしい両親に恵まれて、自分は今日まで生きてきたのだ。綾子のあたたかさ。幸せだった少女時代。

ユウがアイを抱きしめた。ユウの長い腕は、アイのからだをすっぽりと覆ってしまった。あたたかかった。とても。アイは少女ではなかった。母の、父のあたたかさを求め続けたあの小さな少女ではなかった。でもこのあたたかさは、大人になったアイに必要なものだった。どうしても必要なものだった。かつて他人だった人、今も血の繋がりのないユウから得られるあたたかさは、やはりアイをこの世界に存在させてくれた。

ユウに、ミナとのことを話した。すべて。どんな風に出逢ったか、どんな風に過ごしたか。ミナが大切な友人であることは知ってくれていたが、ユウにとってそれは未知の話ばかりのようだった。ミナが内海義也との性交で妊娠し、そして中絶しようとしているという話をしたとき、ユウがわずかに息を呑んだのが分かった。でも、アイは話し続けた。止まらなかった。

「ミナのことが分からない。ミナのことが大好きで、本当に必要で、私はミナに、たくさんの、本当にたくさんのものをもらった。私にとってミナは、ミナは、かけがえのない人なの。会いたい。ミナに会いたい。なのに、ミナのやろうとしていることが、どうしても理解出来ない。許せないの。」

許せない、と言うとき、からだが震えた。それは怒りからではなかった。許せないことが苦しいのだった。

「アイ。」

からだにまわした手に、ユウが力をこめた。少し痛かったが、暴力の気配は微塵もなかった。ユウと一緒にいて、恐怖を感じたことは、今まで一度もなかった。一度もだ。

「会いたいという気持ちと、理解出来ないという気持ちのふたつがあるなら、僕は会いたいという気持ちを優先させるべきだと思う。」

扇風機の羽音が部屋に響く。生ぬるい風はアイのからだをまったく冷やさなかったが、この部屋は平和だった。何にも脅かされていなかった。

「ちゃんと顔を見て、話し合うことを選ぶべきだ。」

命が脅かされることのないこの夜は、紛れもなく奇跡だ。

「理解出来なくても、愛し合うことは出来ると、僕は思う。」

その日のうちに荷造りを始めた。チケットを取るのが先だろうと、ユウが笑った。結局1週間後のフライトを予約した。ミナにはすぐにメールをした。ロスアンゼルスに行く、と書くと、すぐに返事が来た。

「待ってる。」

その日、ハンガリーに近いオーストリア東部ブルゲンラントの高速道路で、停車していた保冷車から子ども4人を含む71人の遺体が発見された。同日、リビア沖の地中海で、難民を乗せてイタリアを目指していた密航船が沈没し、200人以上が死亡した。

そしてその1週間後、トルコの海岸でひとりの男児の遺体が発見された。

シリアのコバニからトルコに渡り、ボドルムからギリシャのコス島を目指すボートに乗っていた難民だった。航行の途中で船が転覆し、彼は5歳の兄と共に溺死し、3年の生涯を閉じた。

彼の名はアイラン・クルディ。

ミナの顔を見た瞬間、アイは走り出していた。

触れ合う前から、もう泣いていた。ミナもだ。抱きしめたミナのからだには、もう子どもはいないのかもしれなかった。それでもアイはミナを愛することが出来た。ミナはあたたかく、生身の生きものだった。空っぽの墓場などではなく、瑞々しいほどに生きた人間だった。

ミナの顔を見たかった。ミナの話を聞きたかった。ミナに話を聞いてもらいたかった。あれだけの怒りを覚えたのに、その怒りは想像も出来ないほど重かったのに、こんなにもたやすく誰かを許すことが出来る。アイは自分をもう一度疑い、そして疑う以上の気持ちで捕まえたような気持ちになった。

「ミナ、海で。」

「うん。」

「海で、男の子が……。」

それ以上言うことが出来なかった。

海岸に打ち上げられた男児のニュースを知ったのは、機内でもらった新聞を読んだときだった。

波打ち際、眠ったようにうつぶせになった男の子の、赤いシャツの鮮やかさに目を射られ、アイはトイレに駆け込んだ。吐くと思ったが吐かなかった。泣くと思ったが泣かなかった。ただ、頭から冷水を浴びせられたように震え、歯の根が合わなかった。寒く、心細かった。ユウに抱きしめてほしいと、やはり心から思った。

彼の名はアイラン・クルディ。

客室乗務員にブランケットをもらい、座席で頭からかぶった。そうすると汗がとめどなく流れ、その汗でまたからだが震えた。隣の乗客は眠っていた。すう、すう、という規則正しい寝息の、その平穏さが信じられなかった。冷たい水をもらい、鎮静剤を飲んだ。眠りたいのに、眠るのが怖かった。結局恐怖に震えたまま、アイはいつの間にか深い眠りについた。

機内でもらったその新聞を、アイはミナとふたりで読んだ。テレビで放映されるニュースをふたりで見た。インターネットに流れている映像をふたりで追った。

彼の名はアイラン・クルディ。

ミナと一緒にいると、からだは震えなかった。寒くなかったし、心細くなかった。ミナが抱きしめてくれたからだ。その代わり涙が止まらなくなった。空港に着いてからずっと、アイもミナも泣きどおしだった。

彼はどの画面でも、静かに寝そべっていた。

波打ち際、頭まで水に濡れながら、そこに寝そべっていた。

およそ溺死体とは思えないその美しさが、アイの心にはりつき、ただれた。その痛みは自分のものなのに、その痛みが可視化出来ないことがはがゆかった。この手に摑むことが出来ないことが。

彼の名はアイラン・クルディ。

彼が目覚めることはない。戦争のない美しい世界を彼が見ることは、二度とないのだ。

アイとミナはふたりで泣き続けた。大きな声を出した。

ミラが出て行った部屋はガランとして広すぎるほどだったが、人のいるぬくもりがあった。それは、ミナの体温だったし、たった今やってきたアイの体温だった。ふたりはからだを寄せ合い、ほとんど一体になって話し続けた。シリアのこと、世界のこと、難民のこと、これからの未来のこと。知らないことは山ほどあったが、お互いの知識を総動員して、とにかく話し続けた。

「どうしてこんなことが起こるの？」

反論することも、それは理解出来ないと訴えることもあったが、絶対に相手の話を最後まで聞いた。

「どうして？」

どちらかが話し疲れて眠ると、いつの間にか柔らかなブランケットでくるまれていた。起きているもうひとりも、そのブランケットの中に入っていた。時々目を開けると、まるで大きな動物の体内にいるような気持ちになった。まだ見ぬ母の、あたたかな子宮にいる双生児になったような、そんな気がした。

お腹が空くと、パンや果物を食べた。ぶどうを頬張ったミナが、

「子ども、産むことにしたの。」

そう言ったとき、アイは自分が泣くだろうと思ったが、違った。笑った。大切なことを、いつもこんな風に言うミナが、おかしくて仕方なかった。

「それ、空港で会った瞬間に言うレベルだよ。」

「そう？」

「そうだよ。」

「そうか。」

「ミナ。」

「何？」

「私のことがあったから？」

ミナは目を逸らさなかった。スカイプでずっと見てきた顔なのに、こうやって間近で目

を合わせると、ミナがそこにいることに、きちんと存在することに、目がくらんだ。ミ、ミナが、い、いる。そこにいる。

「私のことがあったから、産むことにしたの？」

唇の端が濡れている。ぶどうを食べるといつもそうなるのだ。アイはミナの唇を拭ってやりたかった。

「……それもある。でも、きちんと自分で決めたよ。自分で考えて、自分で結論を出した。」

我慢出来なくなって、指を伸ばした。ミナは動かなかった。アイが自分の唇を拭うのを、じっと待っていた。

「私は未だに、中絶する人は誰にも謝ることはないと思ってる。その人のからだは、その人のものだから。その人のからだは社会のためにあるんじゃない、子どもが出来ない人のためにあるんでもない。その人の命のためにあるんだって、そう思ってる。」

「うん。」

ミナの唇は柔らかかった。こんなに、そう驚くほど柔らかかった。ミナは生きていた。生身の、生きた人間だった。でも、この人間をあたためることが出来るのであれば、自分だって生身の、生きた人間のはずだ、アイはそう思った。私は墓場ではない。空っぽの墓場なんかではない。

「私は、自分のからだのこと、自分の心のこと、自分の命のことを考えて決めたの。」

「うん。」

「私、産む。」

「うん。」

「産むよ。」

数ヶ月後、この世界に新しい命が誕生する。その宣言を、たった今ミナがした。

「アイ。」

この瞬間を、アイは絶対に忘れないだろうと思った。

「泣いてるの?」


「この世界にアイは、」

花束を持って、ビーチに出かけた。

アイランとその兄、密航中に命を落とした人々、津波で命を落とした人々、思いがけない悲劇で死んでいったたくさんの人々に捧げる花束を、ふたりで持ってきた。

「この花束を、私たち以外に知る人はいないだろうね。」

波打ち際で、ミナが言った。早朝のビーチは人がおらず、遠くにサーフィンをしている男がふたり見えるだけだった。

「でも、どこかの海岸に届くかもしれない。」

「届かないかもしれないよ。」

「届くかもしれない。」

「この花束で世界が変わることはないかな。」

「でも、私たちは知ってる。」

「そうだね。」

「自分の気持ちを、私たちは知ってる。」

なるべく遠くまで流れてゆくように、力いっぱい投げた。ピンク、赤、黄色、オレンジ、青、緑、色とりどりの、鮮やかな花束は、灰色の波間に落ち、漂った。

「あのノートも、持って来たら良かった。」

「ノート？」

「いつかミナに言ったでしょう？　死んだ人の数を書いた、黒いノート。」

「ロスまで持ってきたの？」

「うん。自分でも分からないんだけど、持ってきた。」

「海に、ここに持ってきてどうするつもりだったの？」

「……分からない。花束と一緒に流す？　でもそれって……。」

「変だよね。それがアイの弔いなの？」

「……違う。違うね。」

「でも、確かに、もうノートは必要じゃないかもしれない。」

「どうして？」

「ノートがなくても、ノートに死者の数を書きこまなくても、世界で起こっている悲劇を想像することは出来る。」

アイはミナを見た。髪の毛が数本、風に吹かれて口の中に入っていた。アイは手を伸ばして、それを直してやった。ミナの口から、ぶどうの甘いにおいがした。

「彼のことを、私たちはこんなにも思ってる。」

景色が滲んだ。からだが熱くなった。

たった3年の、でもかけがえのない3年の命を、大人たちの暴虐に奪われた男の子。彼は数字ではない。奇跡を孕んでこの世界に生まれてきた、ひとりの人間なのだ。

　彼の名はアイラン・クルディ。

「私たちには分からないけど、分からないからこそ、悲劇に想いを馳せて、考える時間が深くなる気がするよ。その時間をきちんと過ごして、向かい合ったからこそ出来ることがあると思う。それがどういう行動に繋がってゆくのかは分からないけど。」

「……うん。そうだね。」

「どっちにしろ、それは生きてる人間にしか出来ないんだ。」

　生きてる人間にしか出来ない。

　それが自分なのだ。そう思うと、気が遠くなった。数々の奇跡を経て自分がここにいる。その奇跡を恥じることはもうないだろう。私は死者に謝ることもしないし、自分の生をなじることもない、きっと。私はシリアで生まれた。

「私、ママとパパに、聞こうと思うんだ。」

「何を？」

「私がどんな風にふたりの元にやって来たか。どうしてふたりが養子をもらおうと思ったのか。小さな頃にも話してもらっていたけど、それをきちんと聞くのが怖かった。自分が本当の子どもじゃないことを突きつけられるみたいで。でも、知りたい。私は両親の子どもなんだ。」

「そうだよ。」

「シリアの両親のことも、知ろうと思う。」

「そっか。」

「知ることは苦しいかもしれないけど、でも、知りたいと思う。今は。」

「うん。そうだね。すごく、いいと思うよ。それはアイの意思だ。」

アイは興奮していた。話したいことが、知りたいことが溢れて止まらなかった。震災直後の興奮とは違った。いや、もしかしたら似ているのかもしれなかった。

生きている。

自分が生きているそのことに、アイはこの上なく興奮しているのだった。

私は生きている。

「あの本も持ってきたよ。」

「本?」

「震災の後、ミナが送ってくれたでしょう?」

「ああ、『Reading Lolita in Tehran』?」

ミナに会いに行くことを決めたあの夜、アイは興奮して、なかなか寝つけなかった。枕元のスタンドをつけ、久しぶりにページを開いた。それがその本だった。

内容なんて頭に入ってこないだろうと思った。でも、言葉はやすやすとアイの胸に入りこみ、アイに内側から話しかけた。

以前読んだときには、読み飛ばしていたところがたくさんあった。どうしてこんなところを？　そう思うような場所すら、アイの記憶から抜け落ちていた。アイの「想像」には、きっといつだって限界がある。

例えば1988年の、こんな記述だ。

『一九八八年の冬の終わりから春の初めにかけて、テヘランへの空襲が再開された。あの数か月を、テヘランに降りそそいだ百六十八発のミサイルを思うとき、私は決まってあの春の奇妙な静けさを思い出す。』

自分が生まれた年。

自分がシリアで生を受け、誰かに抱かれていたとき、隣国がその隣の国に砲弾を落としていた。そのときからすでに、誰かが誰かを殺し、誰かが誰かに殺されていた。世界はずっとそうだった。ずっと。

アイはでも、絶望の淵から、非力だということの怠惰から、自分のこころを取り戻した。自分の想像力には限界がある、それはたしかだ。でも、だからといってその努力を放棄するのは間違っている。アイは言葉を追った。会ったことのない、そしてきっと会うことのないかつての彼女たちに想いを馳せ、彼女たちのためだけに泣いた。

隣で眠っていたはずのユウが、口を開いたのは明け方だった。驚いた。ユウもずっと、起きていたのだ。

「さっき話した、シリアの写真のことだけど。」

さっき、と言うには、随分前の出来事のような気がした。昨日の自分と今日の自分がこんなにも違う。アイは自分の手を、新しいものを見るような気持ちで眺めた。

「シリアの写真？」

「うん。ほら、どこまでが使命としての報道なのか、どこまでが自分のためなのか。そんな話をしただろう？」

「うん。」

アイは読みかけの本を閉じた。言葉はいったん目の前から消え、そこには朝焼けの薄い光に染まったシーツが見えるだけだった。でも、内側から聞こえた声は、アイから出てゆかなかった。決して。

『読者よ、どうか私たちの姿を想像していただきたい。そうでなければ、私たちは本当には存在しない。歳月と政治の暴虐に抗して、私たち自身さえ時に想像する勇気がなかった私たちの姿を想像してほしい。もっとも私的な、秘密の瞬間に、人生のごくありふれた場面にいる私たちを、音楽を聴き、恋に落ち、木陰の道を歩いている私たちを、あるいは、テヘランで『ロリータ』を読んでいる私たちを。それから、今度はそれらすべてを奪われ、地下に追いやられた私たちを想像してほしい。』

遠慮がちな明るさは、徐々に、そしていつの間にか部屋をすべて占拠していた。クローゼットの扉を、シーツから飛び出したユウの脚を、そのすねに生えた黒々とした毛を、すべてを照らしていた。淡く、平等に。

「すごく難しいことだと思って。僕なりに考えた。」

「全然眠らなかったの?」

「うん。難しくて、苦しくて、途中でわけが分からなくなって、頭が割れそうになったりして。でも、今こうやって夜が明けて、辿り着いた答えはすごくシンプルだった。」

「シンプル?」

「そう。シンプルで、でもやっぱり難しかった。とても。」

「何?」

ユウはあの目でアイを見た。ミナに似た、綾子に、ダニエルに似たあのまっすぐな目で、アイを見た。

「愛があるかどうかだよ。」


「この世界にアイは、」


「ミナ。」

「何?」

「ちょっと海に入って来る。」

「え？　ていうか、あんた水着も持ってきてるの？」

「持ってきてる。」

「準備万端じゃん！」

「でも、トランクの中なんだよね。」

「は？　何それ！」

結局、アイは下着姿で海に入ることにした。そのまま入っても良かったが、なるべく乾いた服を守りたかった。それに、黒いブラジャーとショーツは、遠くから見れば水着に見えなくもなかった。

足を踏み出すと、水の冷たさに声が出た。

「こんなに冷たいの？」

「そうだよ！　夜の間に徹底的に冷やされるんだ！」

全身に鳥肌が立った。でも、心地よかった。それは自分の体が機能している、生きている証拠だったからだ。

私は生きている。

砂はふかふかしていて、裸足の足が簡単に埋まった。次々打ち寄せる波で海は濁っていたが、遠くに見える沖は美しい夜のような濃紺だった。太ももまで入ったところで大きな波が来て、全身濡れてしまった。アイより先に、ミナが声をあげた。子どものために、海へ入るのもサーフィンも、しばらくはおあずけだと、ミナは言っていた。

ミナが母になるのだ。

せーの、と、小さな声を出して、肩までつかった。その瞬間波が来てそのまま後ろにひっくり返った。鼻に海水が入り、こめかみがきいんと痛んだ。

「ゲホッ！」

頭まで沈んでしまうと、どうでも良くなった。波間から顔を出したアイを、ミナが見つめている。振り返らなくても分かった。背後から、ミナがずっと、自分を見守ってくれている。

アイは先に進んだ。ミナを心配させないように、なるべく背筋を伸ばして、自分の姿がミナに見えるようにした。陸に上がったのか、サーファーたちの姿は見えなかった。あるいは今日は、波の調子が良くないのかもしれなかった。

首までの深さに来たところで、アイは振り返った。少ししか来ていないと思ったが、浜が遠くに見えた。ミナが立っていた。手でひさしを作って、アイをじっと見ている。ミナに大きく手を振った。ミナも振り返した。

ミナがいてくれる。

ミナが岸で、自分を待ってくれている。

それはアイを驚くほど強く、無鉄砲にした。アイは下着を取った。ブラジャーを、そしてショーツを。それを振りかぶって岸に投げたら、ミナが大声を出した。

「ちょっと！」

浅瀬に落ちた下着を、ミナがあわてて拾ってくれた。自身の靴が濡れるのも構わず、笑いながら受け取ってくれた。

ミナが母になるのだ。

アイは海に潜った。

風の音が、波の音が聞こえなくなった。代わりに、ゴゴゴゴと海水が渦巻く音が、そして自身の鼓動が、どくん、どくんというその音が、耳のすぐ近くで聞こえた。

一度海面に顔を出すと、風の音が、波の音が甦った。ありきたりのことをしているのに、さっきまで自分が海の中にいたことが信じられなかった。鼻と口で思い切り呼吸をすると、潮のにおいがした。

「アイ！」

振り返ると、ミナがさっきと同じようにアイに手を振っていた。両手に、アイの下着を持っている。

ミナが母になるのだ。

大好きなミナ。大切なミナ！

大きく息を吸った。肺に思い切り空気をため、今度は目を開けたまま潜った。

ゴゴゴゴゴ。

どくん、どくん、どくん。

あの音、もう馴染みになった、そして懐かしいあの音が聞こえた。砂が舞い上がる海中は、視界がほとんどきかなかったが、アイはそのまま目を閉じずにいた。両足を引き寄せ、両手で抱き、胎児のような恰好になった。何故だかそうすることが自然なことのように思えたからだ。

波にもまれ、アイは無茶苦茶に流された。上が下になり、右が左になって、我慢出来ず目を閉じた。


「この世界にアイは、」

ゴゴゴゴ、血液の音のようだ。血液の中に私はいる。たくさんの命を育み、奪ったこの海の中で、私は何とも繋がらずにこうやって漂っている。
私には子どもは出来ないかもしれない。
この世界に、私の血を残すことは出来ないかもしれない。

「この世界にアイは、」

もし残すことが出来たとしても、その子は過酷な人生を歩むかもしれない。大人たちの狂った暴走に巻き込まれ、大切な人と引き離され、そして無残にも命を落とすかもしれない。アイランのように。彼の兄のように。亡くなったすべての人たちのように。

「この世界にアイは、」

でも、もし、水中を漂い、苦しみながら死んでいったアイランに、その兄に、死んでいったすべての人にもう一度会うことが出来たのなら、私はこう叫ぶだろう。

「生まれてきてくれてありがとう。」

私は全力で、全身全霊で、彼らの誕生を祝福するだろう。

それが世界に踏みにじられるものであっても、それでも私は祝福するだろう。

「生まれてきてくれてありがとう。」

何がありがとうだ、自分のこの惨めでおぞましい人生は何のためにあったのだと叫ばれても、唾を吐かれても、殴られても、それでも私は彼らを祝福するだろう。

生まれてきてくれてありがとう。

「この世界にアイは、」


息が続かなくなって、目を開けた。海面に浮かぶ前に、それを見た。

色とりどりの花びらが、自身の周りを舞っているのを、アイは見た。

それは先ほどミナと投げた花束かもしれなかったし、そうではないのかもしれなかった。

赤い花びらは血液のように見え、手を伸ばすと大きくうねって、アイの手から逃れた。緑、ピンク、青、黄色、花びらは形を変え、からかうように何度もアイのそばを通り過ぎ、アイを、アイ自身を祝福した。

「この世界にアイは、存在する。」


私はここだ！

海中で、アイは叫んだ。苦しさは限界を超えていた。でも叫んだ。

私はここだ！

アイはここにある！

両親に、ミナに、ユウに愛されたから私があるのではない。私はずっとあった。ずっと、ずっとあった。だから、私はここに、今ここにあるのだ。そして、そんな私を、この私を、両親が、ミナが、ユウが愛したのだ。先に私はあった。存在した。そして今も。

アイはここにある！

世界には間違いなく、アイが存在する！

誰に否定されても、やはり自身で信じられない瞬間があっても、それはあるのだ。ずっと。これからも、絶対に存在し続けるのだ。絶対に。

私はここだ！

「アイ！」

岸に上がったアイを、ミナが抱きしめた。苦しくて、朦朧として、息が乱れた。そのまま倒れ、アイは咄嗟にミナのお腹をかばった。ミナは笑って、アイの頬を撫でた。アイの紫になった唇を、ミナが掌でこすった。ミナは全身でアイのからだを包み、自身の体温を、すべて分け与えようとしてくれた。アイも、ミナを抱きしめた。全身全霊で抱きしめた。いつの間にかアイとミナの体温が混じり、お互いがお互いをあたためあっていた。

ふたりの背後から太陽が現れ、たちまちアイとミナを照らした。ここから海温が上昇してゆくのだ。海は光にむせ、様々な色を見せた。青、赤、緑、黄色、ピンク、そしてまた青。波は静止することなく、いつまでも揺らめき続けた。

「ミナ。」

「なに？」

息が切れた。心臓がどくどくと鳴って、アイの全身に血液を送り出していた。すう、と大きく息を吸って、それからアイは笑った。ミナの瞳には、世界でたったひとりの、生きている人間が映っていた。

「私はここよ。」

引用文献　『テヘランでロリータを読む』

アーザル・ナフィーシー・著／市川恵里・訳（白水社・二〇〇六）

本書は、書き下ろしです。

装画　西加奈子

ブックデザイン　鈴木成一デザイン室

西 加奈子

にし・かなこ

一九七七年、テヘラン生まれ。
カイロ・大阪育ち。
二〇〇四年、『あおい』でデビュー。
〇七年に『通天閣』で織田作之助賞、
一三年に『ふくわらい』で河合隼雄物語賞、
一五年に『サラバ！』で直木三十五賞を受賞。
ほか著書に『さくら』『きいろいゾウ』『円卓』
『漁港の肉子ちゃん』『舞台』『ふる』『まく子』、
絵本に『きいろいゾウ』『めだまとやぎ』
『きみはうみ』など多数。

i《アイ》

二〇一六年十一月二十九日　第一刷発行
二〇一七年 二 月 十九 日　第九刷

著者　西 加奈子
発行者　長谷川 均
編集　近藤 純
発行所　株式会社ポプラ社
〒一六〇-八五六五 東京都新宿区大京町二二-一
電話 〇三-三三五七-二二一二(営業) 〇三-三三五七-二三〇五(編集)
振替 〇〇一四〇-三-一四九二七一
一般書出版局ホームページ http://www.webasta.jp
組版・校閲　株式会社鷗来堂
印刷・製本　中央精版印刷株式会社

 N.D.C.913/303P/20cm/ISBN978-4-591-15309-3